Coleção Vasto Mundo

Contos Populares
de Angola

Contos Populares de Angola

Folclore Quimbundo

Seleção, Apresentação, Adaptação e Nota de
JOSÉ VIALE MOUTINHO

3ª edição
São Paulo/2012

**TEXTO DE ACORDO COM
A NOVA ORTOGRAFIA**

Editora Aquariana

Copyright © José Viale Moutinho e
Editora Aquariana Ltda.

Título Original:
Contos Populares de Angola
Folclore Quimbundo

1ª edição, Príncipio Editora, São Paulo, Brasil
2ª edição, Landy Editora, São Paulo, Brasil

Revisão: Márcia Abreu
Capa: Design CRV
Produção Gráfica: Samuel de Jesus Leal
Editoração eletrônica: Spress Diagramação e Design

Direção editorial da Coleção Vasto Mundo de
Antonio Daniel Abreu

CIP − Brasil − Catalogação na Fonte
Sindicato Nacional dos Editores de Livros, RJ

C781

Contos populares de Angola : folclore quimbundo / seleção, apresentação, adaptação e nota de Viale Moutinho. 3.ed. – São Paulo : Aquariana, 2012.
128p.

Inclui bibliografia
ISBN: 978-85-7217-127-4

1. Conto folclórico - Angola. 2. Conto angolano I. Moutinho, J. Viale (José Viale).

11-6507.	CDD: 869.8996733
	CDU: 821.134.3(673)-3
16.09.11 03.10.11	030157

ESTA OBRA NÃO PODE SER COMERCIALIZADA EM PORTUGAL

Direitos reservados:
EDITORA AQUARIANA LTDA.
Rua Lacedemônia, 87, S/L − Jd. Brasil
04634-020 - São Paulo - SP
Tel.: (11) 5031.1500 / Fax: 5031.3462
vendas@aquariana.com.br
www.aquariana.com.br

Sumário

Apresentação à 3ª edição brasileira, 9

Apresentação, 15

O passado e o futuro, 19

Sudika-Mbambi, 21

O sogro e o genro, 33

O Kianda e a rapariga, 35

A mulher que desejava peixe, 39

O leão é forte como a amizade, 43

O rapaz e o crânio, 45

Ngana Fenda Maria, 47

Os dois construtores, 63

O Leopardo, o Antílope e o Macaco, 65

Ngunza Kilundu kia Ngunza, 77

Na Nzuá dia Kimanaueze, 81

O filho de Kimanaueze e a
filha do Sol e da Lua, 101

O senhor Não-me-leves e
O senhor Não-me-digas, 111

Os filhos da Viúva, 115

Mutelembe e Ngunga, 119

Notas sobre alguns termos quimbundos, 123

Dados biográficos, 125

Nota bibliográfica, 127

Apresentação
à 3ª edição brasileira

O sucesso desta coletânea – traduzido em sucessivas reedições – cuido que é devido a dois fatores essenciais. Em primeiro lugar ao interesse popular internacional por Angola surgido ainda no tempo em que era colônia portuguesa e, sobretudo, quando nos anos 1960, se incrementaram, com ampla exposição na comunicação social mundial, a ação dos movimentos de libertação, que recolhia a solidariedade dos povos. Em segundo lugar, a questão cultural de disponibilizar uma boa mão-cheia de narrativas tradicionais de uma cultura sufocada quer pelo colonizador europeu quer, mais tarde, pela guerra colonial que obrigava à deslocação das populações das zonas rurais para os grandes meios, ocasionando o desaparecimento do *griot*, o velho contador de histórias, seja o fiel depositário do tesouro oral.

Os contos que integram este livro, e que selecionamos, foram recolhidos pelo missionário suíço Héli Chatelain, a expensas do governo norte-americano, e publicados sob o título *Folk-tales of Angola* em 1894, material este que em 1964 a Agência Geral do Ultramar disponibilizaria em edição bilingue (quimbundo-português), como se vê três anos após ter começado a guerra da libertação. É curioso que quando o salazarismo quis exibir literatura oral angolana teve de recorrer a uma obra do século dezenove, de mais de meio século antes. O escritor angolano Pepetela, em 1993, numa entrevista ao diário *Público* (Lisboa) dizia rarearem as recolhas folclóricas em Angola, reconhecendo que tal era derivado aos sucessivos conflitos.

Língua dos Ambudo, o quimbundo é uma língua com enorme relevância na antiga colônia portuguesa por ser a expressão tradicional da capital e do antigo reino dos N'ngola. Naturalmente, como toda a fabulística oral, estes contos, quando narrados ao longo dos tempos, sempre foram acrescidos de novos elementos. Porém, nós aqui vamos ao encontro de um texto que os fixou nos finais do século XIX. E este fenômeno, naturalmente, acontece também na Europa, mas com facilidade o esquecemos porque a transmissão oral dos contos deu lugar à transmissão através dos livros. Os Ovimbundu têm um curioso provérbio que marca bem a distância: "Os brancos escrevem livros, nós escrevemos no peito." No entanto, isto se nos aproxima, por um lado, da fonte, por outro, limita-nos, como verificámos, a quantidade das fontes. Disso já se lamentava o angolanista Carlos Estermann em 1963 no I Encontro de Escritores de Angola, quando o Lubango ainda tinha a máscara colonial de Sá da Bandeira. E também Chatelain chegou a levantar o problema: "Então, os europeus inteligentes vivendo durante quatrocentos anos com a população nativa, nunca registraram um único exemplo de literatura oral nativa? Isso não será prova bastante da inexistência desta? Assim parece. No entanto, logo que, inteligente e persistentemente, a procurámos, essa literatura revelou-se-nos de uma forma exuberante." Com efeito, cabe a Héli Chatelain a primeira classificação da chamada literatura oral de Angola – adágios, adivinhas, cantigas e contos –, dando boa nota à sua qualidade.

Num rápido apontamento biográfico, poderemos dizer que Héli Chatelain nasceu a 29 de abril de 1859 em Morat, na Suíça. Durante vinte anos padeceu de uma doença nos olhos, que lhe condicionou movimentação. Mesmo assim conseguiu forças para estudar a Bíblia nas línguas originais e idiomas europeus. Em 1883 visitou os Estados Unidos e na Universidade de Bloomfield conheceu o bispo metodista William Taylor, que o convidou a participar numa viagem missionária a Angola.

Em 1885, na antiga colônia chega e começa a aplicar os seus conhecimentos de português. Não tarda a ensinar a língua às populações. Porém o seu estado de saúde é abalado pelas condições climáticas e vai tratar-se para a Suíça. Mesmo assim, não deixa de trabalhar e aproveita os seus já adiantados saberes de línguas indígenas para traduzir os Evangelhos para Mbundu e escreve um primeiro dicionário e gramática Mbundu em 1888. No ano seguinte publica também elementos de vocabulário na *Zeitshchrift für afrikanischen Sprachen*. Após ter terminado a tradução dos Evangelhos de Lucas e de João, regressa aos Estados Unidos. Aí de novo se integra numa outra expedição científica a Angola. Dedica-se então a coleccionar lendas e provérbios.

Chatelain, em junho de 1891, desloca-se, uma vez mais a Angola, desta vez como cônsul dos Estados Unidos. Três anos mais tarde desenvolve os seus interesses linguísticos e publica o seu grande livro *Folk-Tales of Angola*, que está na base desta coletânea. Em 1896, funda a Liga dos Libertadores Filafricanos, com o objetivo de acabar com o tráfico de escravos. E em julho de 1897,

Chatelain decide passar a viver definitivamente em Angola. Porém, a saúde precária obriga-o a ir tratar-se, uma vez mais, à Suiça, aonde se desloca em 1900. E já não pôde regressar. Sempre operoso durante os tratamentos, publica mais alguns estudos antropológicos e funda a Missão Filoafricana na Suíça. Morreu em Lausanne, a 22 de julho de 1908.

Óscar Ribas e Antônio Fonseca serão decerto os seus herdeiros mais interessantes, cobrindo duas gerações de investigadores e a quem corresponde um trabalho ciclópico a que importa dar corpo sistematizado impresso. Bem o merece a grande Nação Angolana.

Santo Antônio, dezembro 2011.
J. V. M.

Apresentação

A área linguística do quimbundo compreende a primitiva nação angolana, que era limitada a Oeste pelo Atlântico; a Norte, pelos rios Dande (Ndanji) e Susa; a Leste pelo Cuango; e ao Sul pelo Rio Longa e a linha de fronteira entre as tribos Lubolo e Mbalundu. Os dialetos de Luanda e de Ambaca formam a base literária do quimbundo.

Este livro compreende contos populares angolanos do folclore quimbundo, os quais foram selecionados da mais vasta recolha até agora efetuada, a de Héli Chatelain, que a publicou em edição bilingue (quimbundo-inglês), em 1894, nos Estados Unidos. Título: *Folk-tales of Angola*. Os interesses colonialistas portugueses não estavam particularmente devotados ao setor da cultura dos povos oprimidos, daí que apenas em 1964, três anos depois do início da rebelião armada para a independência de Angola, numa tentativa de salvar as aparências, a ex — Agência Geral de Ultramar promoveu a edição bilingue (dessa vez quimbundo-português) da obra de Chatelain. Claro, adornou os *Contos Populares de Angola* do aparato colonialista que pôde, à mistura com aquilo a que, empertigada e falsamente, se designava por "lições de portuguesismo". Recordemos, no entanto, que foi no século passado que floresceu a mitografia, na tentativa de resolver cientificamente os problemas relativos à origem, significação e transmissão dos contos populares. Havia já, é certo, recolhas de narrativas da tradição oral, mas eram avulsas e não obedeciam exatamente a um trabalho de investigação devidamente cuidado. Foi nos finais do século XIX que em Portugal se passou a dedicar especial atenção à mitografia — Teófilo Braga, J. Leite de Vasconcelos e outros. Héli Chatelain, nascido na Suíça em 1859, chegou a Angola com 26 anos. Pastor protestante, integrava as Missões Independentes em África, do bispo norte-americano William Taylor, sendo seu trabalho aprender as línguas a ensinar aos missionários e preparar gramáticas, vocabulários e outros livros necessários ao seu ofício. Na verdade, para além da volumosa coleção de contos quimbundos, Chatelain publicou uma gramática e ainda um livro de introdução à cultura linguística angolana. No campo religioso, chamou a si o encargo de verter para quimbundo os Evangelhos de São João e de São Lucas. Veio a falecer na sua pátria em 1908.

O investigador do folclore quimbundo, no prefácio da sua obra monumental, chama a atenção para um poeta angolano que pôs de parte a língua portuguesa para passar a escrever apenas em quimbundo. Tratava-se de Cordeiro da Matta. Da obra deste convirá destacar o seu *Ensaio de dicionário Qimbundu-Portuguez*, editado em Lisboa, no ano de 1893, e que é considerado "o melhor vocabulário de quimbundo". Por outro lado, na *História de Angola*, do Grupo de Trabalho de História e Etnologia do MPLA (ed. Afrontamento, 1974), o nome de Matta é citado dentre os escritores de maior prestígio surgidos em finais do século passado. Mesmo em 1882, nasceu o primeiro jornal feito pelos africanos chamado *O Futuro de Angola*, redigido em quimbundo e português.

O leitor decerto ficará surpreendido com estes contos. Surpresa que lhe advirá muitas vezes de uma ação que nem sempre se coadunará com a lógica tradicional e em muitos casos ultrapassará a própria fantasia dos contos orientais a que nos temos habituado e que em muito influenciaram a tradição oral dos povos europeus. Seria uma aventura aliciante e simultaneamente surpreendente, desenhar em mapas os itinerários de alguns temas tradicionais, sistematizando as suas mutações de personagens, fatos e ambientes. Vejamos, pois, que num destes contos há uma mulher que tem um espelho-consultório quanto à cotação da sua beleza... E outro conto, em que uma viúva tem dois filhos que travam combates de morte com os monstros Ma-Kishi e que, linhas adiante, já são menino e menina que se perdem na floresta e pelo espírito do pai são empurrados para um horroroso crime...

Para maior facilidade de leitura, os textos incluídos na presente edição sofreram pequenas adaptações que não perturbam a fidelidade das narrações.

O Passado e o Futuro

Dois homens caminhavam por uma estrada quando encontraram um vendedor de vinho de palma. Os viajantes pediram-lhe vinho e o homem prometeu satisfazê-los, mas com uma condição:

— Terão de me dizer os vossos nomes.

Um deles falou:

— Chamo-me *De Onde Venho*. E o outro:

— *Para Onde Vou*.

O homem aplaudiu o primeiro nome e reprovou o segundo, negando a *Para Onde Vou* o vinho de palma. Começou uma discussão, e dali saíram à procura do juiz. Este ditou logo a sentença:

— O vendedor de vinho de palma perdeu. *Para Onde Vou* é que tem razão, porque *De Onde Venho* já nada se pode obter e, pelo contrário, o que se puder encontrar está *Para Onde Vou*.

Sudika-Mbambi

Vamos falar de Ngana Kimanaueze kia Tumb'a Ndala, estimado por todos e pai de Nzuá di Kimanaueze.

A história começa pela ordem dada ao filho:

— Na Nzuá, vai para Luanda tratar da tua vida. Ele respondeu:

— Agora mesmo, quando acabo de me casar?

— Ordeno-te que partas imediatamente!

O filho partiu, chegou a Luanda e tratou dos seus negócios. Entretanto, o Ma-Kishi saqueou a casa de seu pai. Quando regressou de Luanda, Na Nzuá encontrou a casa vazia. Cheio de fome, não sabia como solucionar o problema. Resolveu ir para o campo e aí avistou uma mulher e chamou-a. Ela reconheceu-o e perguntou:

— De onde vens?

Sem responder, Na Nzuá indagou:

— Que te aconteceu?

— Os Ma-Kishi arruinaram-nos.

Voltaram os dois a viver juntos, e quando o filho estava para nascer, a mulher ouviu no seu ventre uma voz que dizia:

— Mãe, eis a minha espada, a minha faca, a minha árvore da vida e o meu cajado. Fica tranquila que eu vou sair.

E saindo disse:

— Chamo-me Sudika-Mbambi. No chão apoio o meu cajado e no firmamento o antílope.

Novamente a mãe escutou a voz de outro filho:

— Mãe, eis a minha espada, a minha faca, o meu kilembe e o meu cajado. Fica tranquila, eu estou a chegar.

E, saindo, disse:

— Chamo-me Kabundungulu, da árvore de Takula. O meu cão alimenta-se de castanhas de cola e o meu kimbundu engole um boi.

O primogênito ainda acrescentou:

— Plantei o meu kilembe atrás da casa.

E perguntou:

— Mãe, o que te trouxe aqui?

A mãe, estranhando profundamente tudo isso, exclamou:

— Admira-me que um recém-nascido fale assim.

— Não te surpreendas, vais ver. Cortaremos varas e construiremos casas para os nossos pais.

Agarraram nas espadas e entraram na mata. Sudika-Mbambi cortou uma estaca e assim ambos fizeram o transporte.

Finalmente chegaram e depositaram o fardo no chão. Cortaram a relva e começaram a construção.

Sudika-Mbambi levantou a via e pouco tempo depois a casa ficou concluída. Atou uma corda, e depois todas as outras, ficando bem presas. Rapidamente a casa cobriu-se de colmo. Sudika-Mbambi finalmente disse:

— Entrem, pai e mãe, a casa está pronta!

E voltando-se para o irmão:

— Olha, mais novo, vou lutar contra os Ma--Kishi e tu, Kabundungulu, faz companhia aos nossos pais. Se, porém, vires o meu kilembe a murchar é porque morri no sítio para onde agora vou.

Sudika-Mbambi partiu e alcançou a estrada. Logo que ouviu um ruído, perguntou:

— Quem é?

Responderam-lhe:

— Sou eu, Kipalende, o que construiu uma casa na rocha.

Sudika-Mbambi disse:

— Anda comigo.

Puseram-se a caminho e novamente escutaram o mesmo ruído e fizeram a mesma pergunta. Como resposta obtiveram:

— Sou eu, Kipalende, que recolho folhas de milho em Kalunga.

— Anda conosco.

E foram pela estrada fora.

Pela quarta vez, alguém disse:

— Sou eu, Kipalende, que posso estender a barba até Kalunga.

Também o chamaram e todos continuaram a caminhar.

Mais adiante, uma quinta pessoa apareceu na outra margem do rio.

— Sou eu, Kijandala-Midi, que com uma centena lavo a boca.

Sudika-Mbambi replicou:

— E eu, Sudika-Mbambi, ponho na terra o meu bastão e no firmamento o antílope. Ao ouvir essas palavras, Kijandala-Midi fugiu.

Chegaram ao meio da tarde, Sudika-Mbambi convocou os quatro Kipalandes:

— Preparemo-nos e construamos uma casa para combater o Ma-Kishi.

Foram em busca de estacas. O chefe cortou uma e as outras se cortaram por si próprias. Ele transportou uma e o mesmo aconteceu com as demais sem a ajuda de ninguém. Começaram a construção.

Sudika-Mbambi apanhou uma viga e entregou-a ao Kipalende que erguera uma casa na rocha. Ele recebeu-a e pôs-se a construir na rocha, mas sem firmeza. Parou. Recomeçou o trabalho e não continuou. E o chefe interrogou-o:

— Não disseste que construías na rocha? Porque desistes?

— O chefe é quem executa a obra, finalmente.

Quando acabaram foram deitar-se.

Ao amanhecer, Sudika-Mbambi propôs:

— Vamos combater os Ma-Kishi.

Deixou, porém, um Kipalende, o que era capaz de erguer dez clavas, e levou consigo os outros três. Encontrando os Ma-Kishi fizeram fogo.

Ao mesmo tempo, em casa, onde ficara um Kipalende, apareceu uma mulher com uma neta. A velha, ao encarar o Kipalende disse:

— Vamos combater e se ganhares casarás com a minha neta.

Na luta, o Kipalende foi derrotado. A mulher apanhou uma pedra, deixou-a em cima do corpo do Kipalende e foi-se embora.

Sudika-Mbambi soube que o Kipalende estava derrubado com uma pedra em cima e preveniu os outros. Eles não quiseram acreditar; não podia ser verdade.

— Se estamos tão longe, como é que consegues saber isso?

Ele confirmou o que disse. Então, cessaram o fogo e resolveram regressar.

Em casa encontraram o Kipalende debaixo da pedra, pelo que Sudika-Mbambi insistiu:

— Não tinha razão?

— Realmente! Retiraram a pedra e perguntaram:

— Como foi isto?

A vítima contou o que se tinha passado. E os companheiros disseram a rir:

— Deixaste que uma velha te ganhasse!

Pouco depois foram deitar-se.

No dia seguinte, o chefe chamou os Kalundas para o combate, mas informou que o Kipalende devia ficar. Enquanto lutavam apareceu outra vez em casa a mulher e a neta e a proposta era a mesma. O Kipalende concordou e começaram a lutar. Outra vez batido, ficou deitado com uma pedra em cima.

Sudika-Mbambi seguiu o combate, mas logo preveniu os companheiros do que se passara.

Vão para casa, salvem-no e perguntem-lhe o motivo de tudo isso. Ele contou a mesma história. Deitaram-se, e na manhã seguinte tudo se passou como na véspera. E assim foi no outro dia, pela quarta vez, a mesma cena.

Depois disso, não havendo mais nenhum Kipalende para substituto, Sudika-Mbambi disse:

— Desde ontem só resta ao Ma-Kishi uma única aldeia. Portanto a nossa situação já permite que hoje vocês quatro Kipalendes avancem com as armas e só eu fique.

Enquanto estavam a discutir, a tal mulher chegou a casa onde se encontrava Sudika-Mbambi e disse:

— Vamos lutar e se me venceres casarás com a minha neta.

Desta vez ela foi derrotada e morta por Sudika-Mbambi, que ficou com a rapariga. Esta explicou:

— Hoje é que começo a viver, pois a minha avó costumava encerrar-me numa casa de pedra para que eu não pudesse sair. Agora poderemos casar!

Ele concordou.

Chegaram os Kipalendes satisfeitos com a vitória no conflito entre eles e os Ma-Kishi. Sudika-Mbambi também se regozijou pelo sucesso final e assim continuou a vida para todos.

Entretanto, os quatro Kipalendes tramaram uma conspiração:

— Sudika-Mbambi, apesar de tão novo, conseguiu ultrapassar-nos, portanto vamos matá-lo.

Cavaram um buraco no chão e estenderam por cima uma esteira. Depois o chamaram:

— Senta-te aqui!

Ele sentou-se e caiu no buraco. Deixaram-no inteiramente coberto de areia e partiram à procura da rapariga. Porém, quando chegaram a casa encontraram o irmão da vítima — o Kabundungulu. Este saiu e foi ao quintal e, ao olhar para a árvore do seu irmão mais velho, verificou que ela estava a murchar. Raciocinou: "Onde o meu irmão estiver vai morrer". Regou a árvore e ela reverdeceu.

Quando Sudika-Mbambi foi lançado para dentro do abismo descobriu aí uma saída e pôs-se a caminho.

Encontrou uma mulher que trabalhava com uma enxada, mas movimentando-a somente com o tronco, pois a parte inferior ficava à sombra.

Sudika-Mbambi cumprimentou-a amavelmente e recebeu igual saudação. Pediu-lhe para lhe indicar o caminho.

— Meu filho, pega na enxada e ajuda-me. Se o fizeres satisfarei o teu pedido.

Fez a vontade à mulher e ela, como agradecimento, indicou-lhe o caminho.

— Segue a estrada mais estreita e não tomes a larga porque podes peder-te. Ao aproximares-te de Kalunga-ngombe não te esqueças de levar um jarro de pimenta vermelha e outro de sabedoria.

O jovem agradeceu e, seguindo as instruções que lhe foram dadas, chegou a Kalunga-ngombe.

Apareceu aí um cão que se lhe atirou às pernas, mas bastou um sinal para o cão deixar de ladrar. Entrou em casa quando o sol estava já a desaparecer.

Depois das saudações, declarou:

— Venho casar com a filha de Kalunga--ngombe. Este respondeu:

— Casarás com a minha filha somente se me apresentares um jarro de pimenta vermelha e outro de sabedoria.

À tarde, quando preparavam a comida para Sudika-Mbambi, ele descobriu que lhe haviam destinado um galo e um caldo de farinha. Retirou o galo e escondeu-o debaixo da cama.

Durante a noite ouviu alguém dizer:

— Quem matou o galo de Kalunga-ngombe?

— O galo gritou debaixo da cama:

— Kokolokué!

Mal amanheceu o dia, Sudika-Mbambi foi ter com Kalunga-ngombe:

— Dá-me agora a tua filha.

— Foi raptada por Kinioka kia Tumba. Vai e salva-a!

Partiu e chegando às terras de Kinioka perguntou:

— Onde está Kinioka?

A mulher deste informou:

— Foi fazer fogo.

Enquanto Sudika-Mbambi esperava, avisou as formigas. Mal as viu pisou-as. Depois apareceram formigas vermelhas, que tiveram a mesma sorte, assim como abelhas e vespas.

Veio um chefe de Kinioka, que **Sudika** degolou, fazendo o mesmo a outros dois. Cortou a palmeira, a bananeira e a cabeça do **cão de Ki**nioka. Morto este, Sudika-Mbambi entrou em casa dele. Encontrou a filha de Kalunga-ngombe e disse-lhe:

— Vamos! O teu pai mandou-me buscar-te.

Voltando a Kalunga-ngombe anunciou:

— Eis a tua filha!

Em resposta, recebeu uma intimação:

— Vê se podes matar Kimbiji kia Kalenda a Ngandu, que costuma apoderar-se dos meus porcos e cabras.

Sudika-Mbambi pediu:

— Arranja-me um leitão novo.

Logo que lho deram, colocou-o num anzol e atirou-o à água. Kimbiji veio ao encontro da isca e engoliu o porco. Sudika-Mbambi começou a puxar, mas escorregou e caiu dentro da água, sendo também engolido pelo Kimbiji kia Kalenda a Ngandu.

O Kagundungulu, o irmão mais novo, que estava em casa, foi ao quintal ver o Kilembe. Notando-o seco exclamou:

— O meu irmão está morto! Procurarei seguir o seu caminho.

Tomando a estrada, alcançou a casa do irmão. Encontrou aí os Kipalendes e perguntou-lhes:

— Que é feito do meu irmão?

— Não sabemos.

Porque o matastes?

Descobriu a cova. Feito isto; Kabundungulu entrou e continuou na mesma estrada em que passara seu irmão.

Encontrou-se também com a mulher que trabalhava com a enxada com a parte superior do corpo, deixando a outra à sombra. Pediu-lhe:

— Ensina-me o caminho que meu irmão trilhou. Ela ensinou-lhe.

Foi ter com Kalunga-ngombe:

— Onde está meu irmão?

— Foi engolido por Kimbiji.

— Então me dá um porco.

Pegou nele, pô-lo num anzol e lançou-o à água.

Kimbiji engoliu o anzol e Kabundungulu chamou várias pessoas para o ajudarem a pescar o Kimbiji. Depois de muito trabalho sempre o conseguiram.

Em terra Kabundungulu com uma faca abriu o Kimbiji. Encontrando os ossos de seu irmão, reuniu-os e disse: Levanta-te!

Sudika-Mbambi pôs-se em movimento e ouviu o seu irmão:

— Vamos embora. Na Kalunga-ngombe vai dar-te a filha.

Ambos regressaram ao lugar onde fora enterrado Sudika-Mbambi. A terra estalou. Subiram e apareceram os quatro Kipalendes, a quem expulsaram da casa.

Ficaram a viver independentes.

Um dia, o irmão mais novo disse ao mais velho:

— Tens duas mulheres, dá-me uma.

— Não, não poderás desposar uma mulher minha.

Enquanto Sudika-Mbambi foi caçar, o outro penetrou em casa e procurou aproximar-se das mulheres.

Aconteceu que Sudika interrompeu a caça e chegou logo a seguir em casa. Foi logo avisado por uma das suas mulheres:

— O teu irmão está aqui, pretendendo seduzir-nos. Sudika-Mbambi ficou muito zangado e discutiu com o irmão. Discutiram, lutaram e acabaram por querer matar um ao outro. Nenhum conseguiu fazê-lo, pois guerrearam-se com espadas que não cortavam.

O esforço fatigou-os até que Sudika-Mbambi firmando o cajado em terra e o antílope no firmamento foi para Leste. E o Kabundungulu, cujo cão comia palmeira e o seu kimbundu devorava touros, dirigiu-se para Oeste.

Os irmãos separaram-se por causa de mulheres. Daí se diz que em tempestades quando troveja é o mais velho que foi para o Leste e o eco do trovão, que se atribui ao mais novo, para o Oeste.

O Sogro e o Genro

Um belo dia, um sogro e um genro saíram de casa para um passeio.

Ao anoitecer, o sogro convidou o genro para dormir e disse:

— Esta escuridão parece as trevas da cegueira.

O genro ficou triste porque era cego de uma vista, mas nada respondeu.

Noutra ocasião, de noite, ficaram a conversar. O genro disse:

— O luar está tão brilhante como uma careca luzidia e far-nos-á mal se ficarmos cá fora.

O sogro entrou em casa sem se despedir e o genro também se retirou.

Ao fim de três dias, o sogro consultou seis pessoas de respeito acerca do insulto recebido. Elas mandaram chamar o genro e o sogro.

Na presença de todos, o velho descreveu circunstanciadamente o motivo que originou o conflito. A concluir, disse:

— Permito-lhe que continue com a minha filha, mas não o considero mais como amigo. Sei que sou calvo, mas por que é que ele me atirou à cara esse insulto? Portanto, recuso a sua amizade.

O genro, convidado a falar, expôs:

— Eu não teria dito isso se o meu sogro não me tivesse insultado primeiramente. Fi-lo só depois de ele ter feito alusão à cegueira, propositadamente para me magoar, porque ele sabe que eu sou cego de uma vista. Agora os senhores decidam.

Os velhos responderam:

— Realmente foste insultado e não fizeste mais do que retribuir a ofensa. Assim não há motivo de desavença entre sogro e genro. Voltai a ser amigos, esquecendo ressentimentos. Tu, sogro não tens outro filho senão o teu genro e se, como mais velho, foste indelicado, ele como mais novo, seguiu o mau exemplo recebido. Não vale a pena continuarem a discutir por uma coisa já sem importância.

E foram beber à saúde de ambos, que voltaram a ser amigos.

O Kianda e a Rapariga

Havia uma mulher que tinha duas filhas. Um dia apareceu uma caveira que pretendia casar com a mais nova.

A mais velha pegou na caveira e encheu de cinza os seus buracos. Feito isso, atirou-a à lagoa, pois desse modo não poderia casar com a irmã.

De manhã, a caveira veio de novo falar com a mãe, dizendo-lhe que queria casar com a filha mais nova.

Mal a mãe deu consentimento, Kianda apoderou-se da sua prometida e levou-a para debaixo da água, e ali a vestiu com belos trajos, pondo-lhe também adornos no pescoço e nos braços. Depois de ter dado essas coisas, reconduziu-a à casa de sua mãe, acompanhada de um barril de vinho e de um fardo de pano.

Em seguida, a caveira e a esposa voltaram para a sua casa, onde passaram a viver juntas.

O marido possuía um kalunbungu. Deitou-o no chão e apareceram muitas escravas assim como outras tantas casas para elas.

Dentro em breve, a esposa ia ser mãe. A criança, porém, morreu logo depois de nascer.

O marido falou:

— O meu filho morreu e não consintas que a minha sogra apareça ao funeral.

Aconteceu, no entanto, o contrário, pois a sogra chegou quando ele estava a dançar.

Ao vê-la, Kianda disse à esposa:

— Eu não tinha te recomendado para não deixar vir a tua mãe ao funeral?

A seguir apanhou o kalunbungu e deitou-o no chão. As casas todas entraram na caixa mágica, e onde havia uma aldeia ficou apenas mato.

O homem partiu sem destino.

A mulher seguiu-o cantando:

— *Meu marido de amor!*

Ao que respondiam sempre as pessoas que estão no céu:

— *Corre, corre, depressa passará a estação seca.*

Kianda foi dar a um sítio onde havia uma grande rocha com uma porta.

Entrou pela rocha dentro e a mulher não o tornando a ver, voltou para a casa de sua mãe.

A mãe veio a falecer assim como toda a gente, com a exceção da mulher do Kianda.

Estava esta sozinha em casa quando veio um Di-Kishi raptá-la.

Passado algum tempo a mulher deu à luz uma criança normal, isto é, de uma só cabeça.

Tempos depois a mulher ia ter outro filho.

O Di-Kishi ameaçou-a:

— Se tiveres outro filho com uma cabeça eu reunirei a minha gente para te comer!

A segunda criança nasceu então com duas cabeças.

A mulher tomou nos braços o seu primogênito e fugiu.

Procurou abrigo nas casas que encontrou, mas logo Di-Kishi, que sentia a presença de seres humanos, entrando na casa encontrou a mulher adormecida e devorou-a assim como ao filho.

A casa transformou-se numa casa de Ma--Kishi.

A Mulher que Desejava Peixe

Ngana Kimalauezu kia Tum'a Ndala era casado há muitos anos e vivia na maior harmonia com a sua mulher.

Quando ela ficou grávida, aborreceu a carne, querendo apenas peixe.

Uma vez, o marido foi pescar e apanhou uma infinidade de peixes, mas estava com tão pouca sorte que eles conseguiram fugir para outro rio.

Certo dia, ele avisou a esposa:

— Prepara-me o almoço que eu vou pescar.

Feito isso, o homem dirigiu-se ao rio para onde os peixes haviam fugido, acampando próximo a comer. Em seguida resolveu-se a pescar e lançou a rede.

O primeiro lance nada trouxe, o segundo também não. Na terceira tentativa sentiu a rede muito pesada e disse ao rio:

— Fazei o favor de esperar, pois o vosso amigo já é pai.

Ele pouco depois escutou uma voz:

— Puxa agora!

Quando puxou, saltou um peixe muito grande. Colocou-o no cesto e pôs-se a caminho.

Aconteceu, porém, que todos os outros peixes seguiram o peixe grande e só se escutava na relva um *ualalá ualalá!*

De volta a casa a mulher e os vizinhos vieram ao seu encontro e ele entregou o peixe grande para ser escamado.

A mulher devolveu-o, dizendo:

— Escama-o tu!

O marido recusou e ela não teve outro remédio senão fazer mesmo esse serviço.

Ao começar ouviu uma voz:

— Quando me escamares, escama-me bem.

E assim todo o tempo, enquanto durou o trabalho.

Quando acabou, deitou-o na panela, mas o peixe continuou como se estivesse a cantar!

Pronto para ser servido, ela preparou cinco pratos e convidou o marido e os vizinhos.

Todos se recusaram e só ela comeu a refeição. Quando acabou, pegou no cachimbo e numa esteira, que estendeu e onde se sentou.

Pouco depois ouviu de dentro das próprias entranhas:

— Por onde sairei?

— Pelas solas dos pés!

— Achas bem que saía pelos teus pés se eles pisam o chão sujo?

— Então sai pela minha boca!

— Como poderei sair pela tua boca que me engoliu?

— Procura o lugar que quiseres!

— Neste caso, sairei por aqui.

E o peixe saiu, deixando a mulher cortada ao meio.

O Leão é Forte Como a Amizade

Dois amigos costumavam encontrar-se todos os dias. Numa das conversas, um deles comentou:

— Os leões estão a aparecer nas redondezas. Tem cuidado com a tua casa, para evitares um desgosto.

— O leão não poderá entrar. Tenho espingarda e lança.

— Enganas-te, porque tu não podes lutar com o leão.

— Tenho a certeza de que posso.

Ambos riram e continuaram a conversar até que por fim se separaram.

Passou-se um mês quando o rapaz que tinha avisado o amigo arranjou um meio de se transformar em leão e resolveu atacar o camarada, rugindo ferozmente.

Arranhou-lhe a porta de casa e encontrou o amigo a dormir. Levantou-o, bateu-lhe e desfez tudo aquilo que encontrou.

Deixando o amigo em má situação, retirou-se e voltou à forma de homem.

No outro dia, foi visitar o amigo que atacara, e este lhe disse:

— Pobre de mim! O leão veio aqui esta noite e destruiu tudo!

— Porque não fizeste fogo ou não lhe meteste a lança?

— Meu amigo, o leão é forte como a amizade.

O Rapaz e o Crânio

Um rapaz foi fazer uma viagem e no caminho encontrou uma cabeça humana.

As pessoas costumavam passar por ela sem fazer caso, mas o rapaz não procedeu assim.

Aproximou-se, bateu-lhe com um pau e disse:

— Deves a morte à tua estupidez.

O crânio respondeu:

— A estupidez me matou, a tua esperteza também o matará.

O rapaz aterrorizou-se tanto que, em vez de prosseguir, voltou para casa.

Quando chegou, contou o que se passara. Ninguém acreditou:

— Estás a mentir! Já temos passado pelo mesmo lugar sem nada ouvirmos dessa tal cabeça.

— Como é que ela te falou?

— Então vocês não acreditam? Vamos lá e se quando eu bater na tal cabeça, ela não falar, cortai a minha.

Todos partiram e, no sítio referido, o rapaz bateu na cabeça e repetiu:

— A estupidez é que te causou a morte.

Ninguém respondeu.

As palavras são pronunciadas outra vez e como o silêncio continuasse os companheiros gritaram:

— Mentiste! — e degolaram-no.

Imediatamente o crânio falou:

— A estupidez fez-me morrer e a esperteza matou-te.

O povo compreendeu então a injustiça que cometera, mas é que espertos e estúpidos são todos iguais.

Ngana Fenda Maria

Não havia mulher mais bonita do que Ngana Fenda Maria. Um dia, ela teve uma filha que recebeu também o nome de Ngana Fenda Maria. Se a mãe era lindíssima, a filha, se possível, ainda a excedia em beleza.

Então, uma vez, a mãe mandou comprar em Portugal o espelho que fala e todas as manhãs, depois de se lavar e vestir, ia junto dele e perguntava-lhe:

— Ó meu espelho! Ó meu espelho! Diz-me se sou bonita ou feia!

E o espelho respondia:

— És muito bonita. No mundo não há mulher mais bonita do que tu!

E, durante muitos dias, a cena repetiu-se, com a mesma pergunta e a mesma resposta. Mas uma vez, tendo a mãe saído, a filha, já crescida, abriu a porta do quarto onde estava o espelho e mirou-se nele. Feito isso se retirou.

No dia seguinte, depois de se vestir, a mãe dirigiu-se ao espelho e repetiu-lhe a pergunta. O espelho respondeu:

— Desengana-te, Ngana Fenda Maria. Tu, na verdade, és bonita. Mas se o és nove vezes, a tua filha, que esteve ontem aqui, é bonita dez vezes.

E nos três dias seguintes, o espelho respondeu-lhe sempre o mesmo. Então, a mãe Fenda Maria disse assim:

— Não há dúvida de que a minha filha é mais bonita do que eu. Se não faço nada, ela roubar-me-á a admiração dos homens. Vou retirá-la da minha companhia!

Mandou fazer outra casa e nela meteu a filha e a ama. A seguir, cerrou as portas e as janelas, só deixando um pequeno buraco para passar a comida e a água.

A menina e a sua ama assim viveram durante muitos anos.

Um dia, a filha, Ngana Fenda Maria, desejou comer cana-de-açúcar e disse à ama:

— Ó ama, tenho desejos de chupar cana-de-açúcar. Vai à praça comprá-la!

A ama respondeu:

— Mas, menina, como hei de comprar cana-de-açúcar, se não posso sair daqui?

A menina replicou:

— Vamos fazer um buraco num canto da parede para que possas sair.

E fizeram um buraco por onde a ama saiu para comprar cana-de-açúcar. Voltou pouco tempo depois. Fenda Maria enquanto chupava a cana-de-açúcar feriu-se num dedo com a faca. Aflita, chamou:

— Ó ama! Ó ama! Eu julgava que somente a minha cara era bonita, mas o meu sangue é tão bonito como a minha cara.

Um rapaz, que passava na rua, ouvindo isso, disse:

— Acabo de te ouvir dizer, menina que falaste de dentro de casa, que o teu sangue é tão bonito como a tua cara. Mas que dirias tu se visses o senhor Fele Milanda, que é tão belo que até os demônios o esconderam em Ikandu!

Essas palavras deixaram Ngana Fenda Maria a pensar naquele Fele Milanda que a excedia em beleza e que até os demônios o tinham escondido em Ikandu.

Nesse dia, Fenda Maria não comeu e juntou todas as suas coisas, meteu-as no kalubungu e mandou a ama comprar ao mercado castanhas de cola e gengibre.

A ama comprou o que ela desejava.

De noite, quando todos estavam a dormir, Ngana Fenda Maria pegou no kalubungu e pôs-se a caminho: ia ao encontro de Fele Milanda.

Andou, andou um mês, dois meses, e continuou a andar sem parar. Findos dez meses encontrou uma velha leprosa.

Como ninguém fizesse caso da pobre mulher, Fenda Maria lavou e tratou-lhe as feridas. Sossegada e com menos dores, a velha adormeceu.

Enquanto dormia, Ngana Fenda Maria cozinhou o peixe e as papas de farinha de milho. Quando a comida estava pronta, acordou a velha.

Depois de comer, a velha deu-lhe conselhos:
— Para onde vais, Fenda Maria, se já andaste dez meses? Ainda faltam dois meses para chegares onde desejas. Mas quando lá chegares e encontrares leões, leopardos, elefantes e outros animais selvagens à porta da casa que procuras, adormecidos como se estivessem mortos, não tenhas medo, passa por eles traquilamente e entra no corredor. Quando vires um grande leão com a boca aberta mete lá dentro a tua mão e tira as chaves: dez são para os dez quartos e outras duas para os outros dois. Depois entra no pátio, pega em dez bilhas e em mais duas e leva-as para o primeiro andar. Então chorarás até encheres as onze bilhas e mais uma. Quando a décima segunda estiver cheia, quando as lágrimas caírem pelo chão, então quebrar-se-á o encanto de Fele Milanda.

Ngana Fenda Maria prosseguiu o seu caminho. Mais adiante encontrou outra velha com um só braço, uma perna, um lado da cara e um lado do corpo, a triturar mandioca.

A rapariga cumprimentou-a e pegou-lhe no pilão. Pisou mandioca e depois de peneirá-la e fazer farinha, ofereceu-a à pobre velha, que muito lhe agradeceu e deu instruções iguais às que lhe dera a leprosa.

— Fenda Maria continuou o seu caminho. Quando só lhe faltavam dois dias, ele ouviu alguém do céu que a chamava:

— Fenda Maria! Fenda Maria! Para onde vais?

Fenda Maria voltou-se para um lado e para o outro e não viu ninguém. Já se dispunha a recomeçar a jornada quando ouviu pela terceira vez pronunciar o seu nome.

À quarta vez, Fenda Maria ficou imóvel e disse:

— Quem me chama? Quer seja pessoa, quer seja fantasma ou mesmo Deus fique a saber que vou procurar o Senhor Fele Milanda, que de tão bonito que é os demônios o têm escondido em IKandu.

— Sinceramente, Fenda Maria, vais ter com o senhor Fele Miranda? Tu vais.

— Vou.

— Pois fica a saber que é o próprio Senhor Deus que te está a falar! As duas velhas que encontraste pelo caminho eram eu em pessoa. Tranformei-me para ver se eras capaz de tantos sacrifícios. Agora que o provaste, não te perderás. Já sofrestes tanto, já caminhaste doze meses quase sem comer nem beber. A tua comida eram castanhas de cola e a tua bebida tabaco. Desde que deixaste a tua casa, não dormiste mais, andando dia e noite. Sou eu quem to diz!

Deu-lhe instruções iguais às que lhe haviam dado as velhas. Ofereceu-lhe também um Kalubungu para que sempre que ela precisasse de alguma coisa atirasse a caixa ao chão e dela sáiria tudo quanto desejasse.

Quando Ngana Fenda Maria estava quase a chegar, ao avistar a casa, encontrou um lago rodeado de pássaros. Sentou-se à beira da água e, adormecendo, principou a sonhar.

Do lago saiu um pássaro que se lhe dirigiu e falou:

— Ngana Fenda Maria, toma cuidado, não esqueças as instruções que te deu o Senhor Deus!

— Não, não as esquecerei — respondeu a menina.

Fenda Maria acordou e continuou o seu caminho.

Quando chegou, viu um grande palácio. Cá fora estavam muitos e muitos animais selvagens. Cheia de medo, quase a desfalecer, Fenda Maria entrou no corredor e deparou-se-lhe um enorme leão que ao vê-la abriu a bocarra. A menina metendo a mão lá dentro tirou as dez chaves para os dez quartos e mais duas para os dois quartos.

Ao abrir o primeiro quarto encontrou mulheres brancas; noutro, mulatas; noutro, homens brancos, nos restantes: cadeiras, mesas, objetos de metal e muitas coisas mais. No último quarto viu um homem branco, adormecido na cama, lindo como jamais tinha visto.

Depois Fenda Maria entrou no pátio, onde encontrou um grande número de pessoas adormecidas, eram os escravos de Fele Milanda.

Fenda Maria levou lá para cima os doze jarros e chorou, até que encheu onze jarros e meio. Quando lhe faltava meio jarro para fazer despertar Fele Miranda, ouviu apregoar lá de fora:

— Quem quer comprar uma escrava por água?

Fenda Maria foi à janela e chamou o vendedor da escrava. O homem entrou e ela disse:

— Eu não tenho água. A água que aqui vês são lágrimas que chorei. Se as queres diz!

O vendedor da escrava respondeu:

— Quero!

Então Fenda Maria deu as lágrimas ao vendedor e aos que o acompanhavam. Depois, a rapariga conduziu a escrava até ao pátio. Lavou-a, vestiu-a e chamou-lhe Kamasoxi.

Foi com ela para o primeiro andar e ordenou-lhe:

— Kamasoxi, escrava minha, chora até encheres um jarro de lágrimas. Quando estiver cheio, acorda-me. Dito isto, Fenda Maria reclinou-se sobre a mesa e adormeceu. Kamasoxi chorou, chorou, até que o jarro se encheu de lágrimas. Quando as lágrimas correram pelo chão afora Fele Milanda despertou.

Fele Milanda, quando viu Kamasoxi, dirigiu-se-lhe e deu-lhe um abraço:

— Salvaste-me a vida!

A seguir entraram na sala.

Kamasoxi saiu e foi ao quarto onde estava Fenda Maria e chamou-a:

— Kamaria, diabo, levanta-te!

Fenda Maria levantou-se. Quando viu isso, Kamasoxi gritou:

— Vai, Kamaria do diabo, vai aquecer água para o teu senhor!

Fenda Maria pôs-se a meditar e dirigindo-se para o pátio aqueceu a água e, depois de a lançar na banheira, retirou-se.

Tinham decorrido quatro meses quando Fele Milanda perguntou a Kamasoxi:

— Ó Kamasoxi, onde compraste a Kamaria?

Kamasoxi respondeu:

— Comprei-a em Portugal.

Um dia Fele Milanda mandou preparar as suas coisas para ir a Portugal visitar os parentes.

Antes de partir ordenou aos escravos que formassem em linha e disse-lhes:

— Como vou a Portugal, podeis pedir tudo o que desejardes.

Todos, na verdade, pediram o que desejavam. Fele Milanda voltou-se para Fenda Maria e disse:

— Kamaria, pede-me também o que quiseres.

Fenda Maria respondeu:

— Senhor, nada quero para mim. Na varanda espero encontrar-vos e aí entregar-vos-ei a lista de tudo aquilo que desejo.

Fenda Maria fez o rol e entregou-lho:

— *uma navalha que se afie a si própria;*
— *uma pedra que descubra a verdade;*
— *uma corrente;*
— *duas bonecas;*
— *uma lâmpada que se acenda por si;*
— *um espelho que olhe para si próprio.*

Fele Milanda partiu para Portugal.

Quando ali chegou, seus pais, toda a família e os amigos receberam-no com grandes festas, onde se comeu, bebeu e cantou.

Alguns dias depois, Fele Milanda contou a sua mãe os trabalhos por que tinha passado e disse que quem o salvou fora uma preta chamada Kamasoxi, que tinha uma escrava de nome Fenda Maria, muitíssimo linda. Esta pedira-lhe que lhe comprasse uma lâmpada que se acendesse por si, uma navalha que se afiasse a si própria, uma pedra que dissesse a verdade, uma corrente, duas bonecas e um espelho que se olhasse a si próprio. A mãe de Fele Milanda pensou no estranho pedido de Fenda Maria e perguntou ao filho:

— Ó meu filho, essa Fenda Maria é branca ou preta?

Fele Milanda respondeu que era branca. E a mãe replicou:

— Onde é que Kamasoxi comprou essa escrava?

— Kamasoxi disse que tinha sido em Portugal.

— Ó meu filho, não sejas tolo! Em Portugal, onde nasceste, ouviste alguma vez dizer que se vendiam escravas?

— Não!

— Portanto fica a saber que essa tal Kamasoxi te enganou! Fenda Maria é a senhora e Kamasoxi a escrava. As coisas que Fenda Maria pediu são para uma pessoa se suicidar. Aqui em Portugal, essas coisas são difíceis de adquirir porque custam muito dinheiro.

Fele Milanda, depois de ter passado quatro meses em Portugal, resolveu regressar e comprou antes de partir todas as coisas que os escravos lhe tinham pedido. Esqueceu-se, porém, da encomenda que Fenda Maria lhe fizera.

Já o vapor seguia há quatro dias quando Fele Milanda se lembrou dessa última encomenda. Aflito, rogou ao capitão que o navio voltasse para trás. O capitão não queria, mas como Fele Milanda lhe oferecesse um conto de réis, então o outro anuiu ao seu pedido.

Voltaram outra vez a Portugal, onde Fele comprou as coisas de Fenda Maria, mas pagando por elas quatro contos. Feitas as compras regressou ao barco, que partiu imediatamente.

Chegando a casa todos saudaram Fele Milanda. Passaram-se dois dias e no terceiro reuniu todos os escravos e deu-lhes as coisas que eles haviam pedido. Depois pegou num par de brincos de diamantes e ouro, pulseiras de ouro e ainda um anel de ouro e brilhantes e deu-os a Fenda Maria dizendo:

— Toma estes objetos que te manda de Portugal a minha mãe, que tem o mesmo nome que tu.

Fenda Maria agradeceu e guardou. Kamasoxi, essa, ficou furiosa de inveja.

Ao fim da tarde, Fele Milanda foi para a varanda. Fenda Maria acompanhou-o e perguntou-lhe pelas coisas, se ele se esquecera do que lhe tinha pedido. Fele Milanda, fingindo, disse-lhe que se esquecera do seu pedido. Fenda Maria, muito sentida, replicou:

— Para os teus escravos trouxeste tudo quanto te pediram, mas para mim, por ser a escrava da tua mulher, não me trouxeste as coisas que pedi. Receavas talvez que não te pagasse?

Então Fele Milanda levantou-se e foi buscar as coisas, acabando por as entregar. Fenda Maria agradeceu e perguntou-lhe:

— Quanto custou tudo isto?

Fele Milanda respondeu:

— O dinheiro que isso custou, tu não podes dar-mo.

— Enganas-te. Mesmo que sejam trinta contos eu pagar-te-ei.

Fele Milanda pensou:

— A escrava tem trinta contos e a senhora não os tem! Então, com tanto dinheiro... — em voz alta. — E com tanto dinheiro como é que tu só possuis a roupa que trazes vestida? Não compreendo, mas seja como for: não me deves nada.

Fenda Maria voltou a agradecer-lhe.

À noite, quando todos já estavam a dormir, Ngana Fenda Maria pôs em cima da mesa todas as coisas que Fele Milanda lhe tinha trazido e sentou-se numa cadeira. Atirando ao chão o kalubungu, imediatamente apareceram elegantíssimos vestidos, guarnecidos a ouro e pedras preciosas. Ela vestiu-se como ninguém se podia vestir.

E, em frente das coisas que estavam em cima da mesa, começou a falar com elas contando todos os trabalhos por que passara para desencantar Fele Milanda. Por fim, exclamou:

— Se o que eu disse é mentira, tu, pedra que descobres a verdade e vocês, bonecas, segurem a navalha que se afia a si própria e cortai-me o pescoço ou então a corrente que me enforque.

Quando ela acabou de falar, a lâmpada acendeu-se por si, a navalha afiou-se também por si própria na pedra que descobre a verdade e a corrente ficou suspensa no ar. A corrente estava prestes a enforcá-la e a navalha quase a cortar-lhe o pescoço quando vieram as bonecas e lhes deitaram as mãos.

Enquanto se passava isso com Fenda Maria, uma velha estava acordada e viu tudo. Só de manhã a velha ficou tranquila. Fenda Maria repetiu a mesma cena durante três noites. No quarto dia de manhã, a velha contou tudo a Fele Milanda, que a ouviu com atenção e disse:

— À noite, quando fechares a porta, não o faças com a chave.

Ao soarem as doze badaladas da meia-noite, Fele Milanda desceu as escadas, escondeu-se e espreitou por uma frincha da porta e viu Fenda Maria vestir-se e fazer o que costumava.

Depois de mais uma vez ter contado todos os trabalhos por que passara exclamou:

— Kamasoxi, por que não dizes a verdade? Se salvaste a vida de Fele Milanda, porque não lhe entregaste a chave de prata do seu quarto? Se é mentira o que digo podeis enforcar-me ou cortar-me o pescoço!

Quando a corrente e a navalha se preparavam para a matar, Fele Milanda abriu a porta e entrou. Fenda Maria, ao vê-lo, desmaiou, o mesmo acontecendo a Fele Milanda. A velha preparou um remédio e eles voltaram a si.

Fele Milanda tentou levar Fenda Maria com os ricos trajos que ela vestia, mas a moça recusou e pô-los de novo no kalubungu. Despediu-se e recolheu ao seu quarto.

O jovem afastou-se e, depois de meditar longamente, resolveu escrever cartas aos seus amigos convidando-os a virem almoçar com ele.

Pela manhã, depois de mandar distribuir os convites, ordenou às escravas que enchessem um barril de alcatrão.

Durante o banquete Fele Milanda perguntou a Kamasoxi:

— Onde é que está a chave do meu quarto?

E ela respondeu:

— Tu é que a tens. Eu nunca vi essa chave!

— Então fazes o favor de contar aos meus convidados os trabalhos que passaste para me salvares de lkandu.

Kamasoxi, perante o espanto de todos, não abriu a boca.

Fele Milanda então contou aos seus amigos tudo o que naquelas quatro noites acontecera com Fenda Maria e a seguir mandou-a chamar.

Quando Fenda Maria entrou, ele pediu-lhe a chave. Ela, a princípio, hesitou, mas acabou por entregar-lha. A seguir, perante a insistência de

Fele Milanda, a jovem contou tudo quanto passara para salvar o encantado de lkandu.

Todos os convidados aplaudiram emocionados, enquanto Kamasoxi se cobria de vergonha.

Fele Milanda chamou dois rapazes e ordenou-lhes que agarrassem em Kamasoxi e a metessem no barril de alcatrão e lhe ateassem fogo. Foi um espetáculo horrível. Kamasoxi ardeu e ficou reduzida a cinzas. Só um pequeno osso voou aceso e tocou em Fenda Maria.

Fenda Maria esfregou-se com ele. Pouco tempo depois casou-se com Fele Milanda e foram em viagem de núpcias.

Os Dois Construtores

Dois homens têm o mesmo nome, Ndala. Porém, um é construtor habilidoso e o outro um construtor rápido. Foram juntos para o trabalho. No caminho ameaçou tempestade. Pararam e disseram:

— Vamos armar as tendas.

Ndala, o construtor rápido, terminou o trabalho e entrou na tenda.

Ndala, o construtor habilidoso, preocupou-se com a perfeição e quando chegou a tempestade morreu por não ter abrigo.

O Leopardo, o Antílope e o Macaco

Vamos falar do senhor Leopardo e do senhor Antílope.

O senhor Antílope era neto do senhor Leopardo. O Leopardo pediu ao Antílope que o acompanhasse a casa do sogro. O neto partiu, levando consigo três garrafões de rum.

No caminho o avô parou e disse ao neto:

— Faz-me o favor de apanhares tudo o que encontrares para eu oferecer à minha mulher.

O Antílope obedeceu e a primeira coisa que recolheu foram formigas que imediatamente o morderam. O Leopardo advertiu:

— És tolo! As formigas nunca se apanham com a mão porque mordem.

Adiante voltaram a parar porque tinham fome. Ao verem canas-de-açúcar, o Leopardo disse logo:

— Meu neto, as canas grandes não servem para comer, só as pequenas.

Entraram no canavial e o Leopardo chupou as melhores e as mais fracas foram para o Antílope, que ficou com a boca muito ferida.

Quando terminaram, o avô repreendeu o neto:

— Não vês que só os tolos chupam as canas ruins que ferem a boca?

Continuaram a viagem.

Novamente a fome os fez parar. Ao encontrarem milho maduro, falou o Leopardo:

— Meu neto, vamos cortar milho para assar, mas aproveitamos somente o verde, pois o maduro não se come.

Assim se fez e em seguida prepararam um montão de palha para assar o milho. Resultou, no entanto, que só o milho maduro apanhado pelo Leopardo é que ficou em condições de ser comido. E disse logo este para o neto:

— Vamos embora, tolo. Abandonaste o lume e puseste o teu milho na cinza.

No caminho avistaram umas mulheres a plantar amendoim e o Leopardo foi sozinho falar com elas. Dirigiu-se para a floresta e desatando a trouxa de roupa, tirou uma camisa, calças, casaco e tudo o mais. Depois de se vestir, segurando uma bengala, foi ao encontro das mulheres:

— Boa tarde, senhoras, como passam?

— Bem, obrigada. E tu?

— Em casa, como estão todos?

— Muito bem! Para onde vais?

— Vou visitar o meu sogro.

Deram-lhe um prato de amendoim. Em seguida um jarro de água e um cachimbo.

Depois de se servir e fumar, despediu-se o Leopardo:

— Adeus. Em breve vos voltarei a ver.

— Boa viagem, cumprimentos à tua esposa.

Retomando a estrada, o Leopardo disse ao neto, que o aguardava:

— Ah, nem sabes o que se passou comigo! Perseguiram-me, nada me deram de comer e aqui estou novamente com fome. Fugi porque queriam bater-me. Agora continuemos.

O Antílope protestou:

— Não. Eu também irei aonde foste e quero ver as mesmas pessoas.

Então o Leopardo recomendou:

— Em vez de as saudares com boa tarde, diz-lhe: *Vioko, vioko, ide comer estrume!*

O Antílope seguiu as instruções e deram-lhe uma sova, dizendo:

— O teu avô quando aqui esteve não nos dirigiu insultos, porque te atreveste tu a fazer uma coisa dessas? Demos-lhe comida, água e até cachimbo, e despediu-se de nós muito afetuosamente. E a ti, quem te mandou insultar-nos? Se te batemos é porque nos ofendeste em vez de nos cumprimentar. Podíamos dar-te de comer, mas não o fazemos devido à tua grosseria. Vai-te embora para não levares mais, pois faltaste-nos ao respeito.

Voltando o Antílope à estrada, encontrou o avô que lhe perguntou:

— Aonde foste? Como te trataram?

— Ao chegar disse-lhes: *Vioko, vioko, ide comer estrume!* Ouvindo isto, as mulheres enfureceram-se e bateram-me.

O Leopardo, com toda a desfaçatez, repreendeu-o:

— Como pudeste ser tão insensato? Insultar as pessoas que encontraste! Se te bateram é porque foste malcriado. Vamos continuar a jornada.

Adiante encontraram um regato. E o Leopardo recomendou:

— Quando atravessares este regato, fecha os olhos para saltar. O resultado foi o Antílope tropeçar e quebrar um garrafão de rum. O avô ralhou:

— Tu és um tolo. Se atravessaste o rio com os olhos fechados, fatalmente que quebrarias um garrafão. E agora que vamos fazer, se o presente para os meus sogros ficou incompleto? Como nos irão receber? Seja como for, temos de ir.

Finalmente chegaram a casa dos sogros do Leopardo e trocaram muitos cumprimentos. Foram muito bem recebidos. O genro ofereceu-lhes os dois garrafões que restavam. Deram-lhes esteiras para dormirem.

Nesse momento, o sogro do Leopardo afastou-se para ir cozinhar um leitão para o genro.

Momentos mais tarde era servida a refeição. À mesa, o Leopardo disse para o Antílope:

— Vai ao rio, apanha a rede de pescar e nela traz água para beber.

O neto assim fez, mas com a rede de pescar não conseguia pegar água!

Quando regressou, muito tempo mais tarde, sem água, encontrou o Leopardo bem comido e bem bebido. Disse-lhe o pobre Antílope:

— Meu avô, tenho fome, onde estão os alimentos que me destinavas?

— Acabaram-se. Veio aqui muita gente e comeu tudo. Espera até à noite e, então, terás a ceia.

Chegou o fim da tarde e quando a refeição ia ser servida, o Leopardo disse:

— Meu neto, pega na rede e vai buscar água.

O Antílope obedeceu, mas aconteceu-lhe o mesmo: a água fugia. Voltando para junto do Leopardo, encontrou-o já jantado e reclamou:

— Meu avô, desde manhã cedo que não me alimento. Não poderei dormir com fome! Não é justo.

— Meu neto, tem paciência que amanhã não te faltará comida.

À noite ouviram o tantã. E o Leopardo e o Antílope dirigiram-se para o lugar da dança, onde encontraram raparigas. Todos seguiram a cadência do tambor e dançaram até o cantar do galo. Só então é que as raparigas tiveram sono e foram dormir. Chegando a casa, conversaram um bocado com os sogros do Leopardo, desejando-lhes um sono tranquilo.

Logo que ficaram sós, o Leopardo disse ao neto:

— Como este espaço é muito pequeno para dormir, deita-te na prateleira.

Quando o Antílope adormeceu, o avô, de homem que era passou a animal selvagem. Penetrou no curral do sogro e matou vinte cabras e ovelhas. Guardou o sangue numa vasilha e atirou-a ao Antílope, que estava a dormir. Feito isto, foi para a casa.

De manhã cedo, acompanhado de um instrumento, o Leopardo entoou uma canção.

O sogro foi ao curral, e qual não foi o seu espanto ao ver tudo morto.

— Oh, pobre de mim! Mataram-me todas as cabras! Quem terá sido o malfeitor! O que hei de fazer?

O Leopardo apareceu:

— O que dizes, meu sogro?

— Calcula que alguém matou todas as minhas cabras!

— Escuta, por favor. O Antílope está a dormir. Não terá sido ele o culpado?

Foram logo acordá-lo. Ele levantou-se e saiu. Ao verem-no coberto de sangue, disse o sogro do Leopardo:

— Estávamos a tratá-lo como um hóspede e afinal é um ladrão. Que lhe vamos fazer?

— Matamo-lo, pois se fosse um hóspede não roubaria.

Mataram-no, esfolaram-no e arrancaram-lhe uma perna que foi entregue ao Leopardo, por ser avô do ladrão. Depois foram todos dormir.

No dia seguinte, o Leopardo resolveu regressar. Ofereceram-lhe um leitão, um pouco de mandioca e um carregador para transportar a bagagem.

Ao partir, os cumprimentos de despedida foram os mais amistosos.

Quando chegou a casa, o Leopardo dividiu a perna do Antílope em duas partes, ficando com uma e dando a outra à mulher do Antílope, dizendo:

— Esta carne foi o teu marido quem mandou.

Quando a família do Antílope ia principiar a comer a carne, uma das crianças disse:

— Mãe, esta carne cheira ao pai. Teriam morto o pai?

— Não como desta carne, repito, porque cheira a ele!

— Rapaz, será que o teu pai foi assassinado?

Então o Leopardo pediu:

— Dessa carne guardem-me um bocado. Cozinharam a carne. Quando estava preparada juntaram-lhe as papas e comeram. Durante a refeição, disse o Leopardo:

— Fica a saber, mulher do Antílope, meu neto, que o teu marido roubou as cabras e as ovelhas do proprietário que nos acolheu, o meu sogro. Por isso foi morto. Deram-me este pedaço de carne, mas preferi não o comer sozinho e entreguei-te metade para te provar o que disse. Encarregaram-me de dar-te a notícia para tu não esperares em vão pelo teu marido. Trata do funeral e fica a saber que o teu marido morreu por ter roubado.

Uma das crianças pôs-se a chorar:

— Então eu não disse que esta carne cheirava ao pai! Eu tinha razão!

Houve a cerimônia do funeral e nesse dia apareceu o Macaco a dizer:

— Também eu hei de sair com o meu avô, o senhor Leopardo, a ver se ele me fará o mesmo que fez ao nosso amigo.

Ficaram todos a recordar a vida do Antílope, interrogando-se uns aos outros:

— Quem o matou?
— Como teria morrido?

E ninguém soube responder. No dia seguinte, o Leopardo e o neto Macaco partiram.

No caminho o avô parou:

— Meu neto, apanha para minha mulher o que encontrares, como, por exemplo, essa coisa escura.

— Meu avô agarra tu pela cabeça que eu agarrarei pela cauda. Bem sabes que esta coisinha escura são formigas que mordem!

— Meu neto, o teu modo de proceder não é bonito. Vamos embora.

Adiante pararam novamente e encontraram um campo de milho.

Nova recomendação:

— Meu neto, procura, lá mais adiante, o milho verde, pois se comeres o que está perto, bem amarelinho, arriscas-te a ser castigado pelo dono das terras.

O Macaco entrou no campo justamente para fazer o contrário.

Aproximando-se de um monte de palha, o Leopardo falou:

— Deves assar o teu milho aqui.

— Se o fogo está apagado, como o poderei fazer?

— Assa onde quiseres!

Depois de terem comido, continuaram o seu caminho.

A seguir, avistaram uma plantação de cana-de-açúcar e o Leopardo avisou:

— Não se chupam as canas maiores, só as menores.

O Macaco não fez o que o avô lhe mandou. Entrando no campo, colheu as canas melhores, embora o Leopardo o repreendesse:

— Quem te mandou quebrar estas canas?

— O meu avô parece que não regula lá muito bem! Já viu alguém comer as canas bravas?

— Pega na tua bagagem e continuemos.

À beira de um regato, nova advertência:

— Meu neto, vamos deixar aqui esta rede de pescar, para que depois venhas cá buscar água com ela.

— Meu avô, não estás bom da cabeça. Como se pode tirar água com uma rede de pescar?

— Vamos embora.

Finalmente chegaram a casa do sogro do Leopardo. Trocaram-se afetuosos cumprimentos. Mataram uma galinha, prepararam-na e todos comeram.

O Leopardo pediu ao neto que trouxesse algumas colheres, mas em vez de lhe obedecer, o Macaco escondeu-se atrás de uma porta.

Quando apareceu o avô já ele tinha comido. Agarrou-o, mesmo assim, por um braço e gritou:

— Enquanto fui buscar as colheres que pediste, comeste sem esperares por mim. Agora espera que eu também coma.

Logo deitou a mão ao prato e levou à boca. No fim, deixou umas sobras e disse ao Leopardo:

— Agora que eu já me alimentei, vem também comer, meu avô.

Terminada a refeição, ambos foram lavar as mãos e sentaram-se.

Entardeceu.

À noite, jantaram e deitaram-se.

Todavia, mal ouviram os tambores levantaram-se e foram dançar até ao cantar do galo.

O Macaco depois retirou-se para dormir e o Leopardo ficou fora de casa. Foi ao curral. Este matou todas as cabras e a uma tirou o sangue e deitou-o numa vasilha. Foi ao aposento do neto disposto a deitar-lhe o sangue, mas encontrou-o acordado.

Quando o Macaco percebeu o plano, empurrou o assaltante e o sangue entornou-se sobre o avô. Foram dormir.

De manhã, o sogro visitou o curral e encontrou as cabras mortas.

O Macaco já estava de pé, com o banjo, a cantar:

— Ele fez pouco do Antílope e pretendia fazer o mesmo comigo.

O sogro do Leopardo aproximou-se e perguntou:

— Olá, Macaco! Onde está o teu avô?

— Em casa, a dormir.

Foram acordá-lo e estava cheio de sangue.

Agarraram-no e mataram-no.

O dono da casa lamentou-se:

— O Antílope foi morto injustamente. Não foi ele quem deu cabo das minhas cabras. Agora tu vais casar com a minha filha.

Na manhã seguinte, mataram um porco e acompanharam o Macaco até casa.

Deram-lhe uma perna do Leopardo, pedindo-lhe que a entregasse à viúva.

Em casa dela, o Macaco deixou a carne, dizendo:

— Ficai sabendo que o meu avô foi a uma caçada. Deu-me esta carne para a entregar em seu nome. Podeis comê-la e deixai para mim um bocado. Mais tarde voltarei.

Prepararam a carne, mas uma criança gritou:

— Mãe, o meu coração diz-me que esta carne é do pai. Cheira a ele.

— Estás a sonhar, o teu pai vem a caminho. Como pode esta carne cheirar a ele?

Terminada a refeição, lavaram as mãos.

Quando o Macaco apareceu, disse:

— Ficai a saber que o Leopardo matou as cabras do sogro e que por isso foi morto. Dei-vos a notícia e agora vou-me embora.

Todos gritaram:

— Agarrem-no! Persigam-no! Apesar de tudo, não apanharam o Macaco.

Depois fizeram o funeral do Leopardo.

Ngunza Kilundu Kia Ngunza

Ngunza Kilundu kia Ngunza deixou em casa Maka, o seu irmão mais novo, e foi para Luanda. Quando lá chegou teve um sonho em que uma voz o avisava:

— O teu irmão Maka morreu.

Impressionado, voltou imediatamente e perguntou à sua mãe:

— De que morreu Maka?

— Foi Ngana Kalunga-ngombe quem o matou. Vou ajustar contas com ele!

Dirigiu-se imediatamente para Luango e levou consigo uma armadilha de ferro. Armou-a no meio do dikikengele para atrair o assassino. Depois de a preparar, escondeu-se no mato acompanhado da espingarda.

Passado algum tempo, ouviu uma voz que saía da armadilha a dizer:

— Estou a morrer, estou a morrer.

Quando ia a atirar, a mesma voz pediu:

— Não atires contra mim. Solta-me!

— Soltar-te, eu? Quem és?

— Sou Kalunga-ngombe.

— Tu mataste o meu irmão Maka!

— Não mato por minha vontade. As pessoas é que vêm ter comigo.

— Bem, dou-te quatro dias para ires buscar o meu irmão a Kalunga, a terra dos mortos.

Foram os dois e quando lá chegaram e se sentaram, apareceu-lhes uma pessoa a quem perguntaram:

— Qual foi a causa da tua morte?

— É que na terra eu estava a ficar rico e por isso fizeram-me feitiço.

Outra pessoa respondeu assim à mesma pergunta:

— A vaidade matou-me, porque enganei os homens que pretendiam casar comigo.

Ngana Kalunga-ngombe falou:

— Como vês, não sou eu que extermino o gênero humano. Os fantasmas do Ngondo é que vêm até mim. Contudo, vai para Milunga e poderás trazer o teu irmão.

Ngunza Kilundu obedeceu e, satisfeito, anunciou a Maka a sua visita:

— Venho buscar-te para te reconduzir à terra.

— Não quero ir porque o reino de Kalunga ultrapassa de longe qualquer outro. O que possuo aqui, porventura o teria na terra?

Ngunza Kilundu kia Ngunza ficou triste e regressou.

Ao despedir-se, Kalunga-ngombe ofereceu-lhe sementes de mandioca, milho, kaffir, kazemba uangela, kinzonji, kabulu, anacardos, feijão, abóbora, cacau, laranja, limão, kingululu, melão, mashishila, okra, makeka, mapudipudi e algumas outras frutas, cereais e vegetais angoleses para serem semeados na terra.

Kalunga-ngombe, sem ser visto, acompanhou Ngunza e viu-o fugir de casa e mudar-se para o Leste.

Ao perguntar por ele a Ludi dia Suku, obteve como resposta:

— Ngunza Kilundu kia Ngunza passou aqui no dia em que semeei o trigo que agora estou a comer.

Kalunga-ngombe pediu nova informação a outro Ludi dia Suku. Em casa deste, encontrou finalmente Ngunza Kilundu kia Ngunza e disse-lhe:

— Vou matar-te.

— Não me podes matar porque não te fiz mal nenhum. Tu disseste que não matarás ninguém e que as pessoas é que iam ter contigo. Então porque me estás sempre a perseguir?

Kalunga-ngombe pegou no machado para o matar, mas Ngunza Kilundu não foi atingido porque se transformou em espírito Kituta.

Na Nzuá Dia Kimanaueze

Na Nzuá dia Kimanaueze construiu a casa e casou-se. A mulher ficou grávida e deixou de comer carne e qualquer outro alimento, e só desejava peixe. Para lhe fazer a vontade Na Kimanaueze mandou Katumua pescar no Lukala.

O Katumua pegou na rede e foi para o sítio indicado. Trouxe o peixe e a senhora cozinhou-o e comeu-o. À noite ela deitou-se a dormir. Na manhã seguinte perguntou:

— Que hei de comer?

Katumua pegou na rede e foi pescar. Chegou ao Lukala, pescou bastantes peixes e deu-os à senhora, que os comeu todos num dia. Katumua observou:

— Sempre que eu vou pescar ela come todos os peixes num dia!

Foi novamente pescar e trouxe-lhe mais peixes. E assim todos os dias, durante meses.

Em certa altura Na Kimanaueze disse:

— Katumua, vai pescar!

Agarrou na rede, chegou ao Lukala, atirou-a e esperou algum tempo. Puxou a rede que estava pesada. Não conseguiu. Puxou novamente, mas sem resultado. Katumua gritou:

— Tu que estás a prender a rede debaixo da água, ainda que sejas o deus do rio ou um crocodilo, larga a minha rede. Não vim por minha vontade, mas sim cumprindo ordens!

Lançou outra vez a rede e, então, foi bem-sucedido.

Quando, porém, olhou para a rede, notou uma coisa estranha. Ficou cheio de medo, largou a rede e deitou a fugir.

De dentro da rede ouviu-se uma voz:

— Não corras, para!

Obedeceu e puxou a rede para fora da água. A tal coisa moveu-se em terra. O Katumua ficou outra vez cheio de medo e tremia como varas verdes.

A estranha criatura disse:

— Eu sou o senhor do Mundo e ordeno-te que vás a casa e me tragas Na Kimanaueze Kia Tum'a Ndala e a sua mulher que te obrigaram a pescar. Que venham aqui para eu os informar de tudo o que vai dentro do meu coração.

Katumua afastou-se rapidamente, deixando a roupa e tudo. Quando chegou a casa, perguntaram-lhe:

— Por que vens nu? Por acaso terias perdido o juízo?

Katumua respondeu:

— Deixem-me, por favor, deixem-me explicar ao chefe tudo o que se passou!

Dirigiu-se à casa do chefe e sentou-se. Depois deitou-se de bruços, com o queixo no chão. Na Kimanaueze pediu-lhe que se explicasse. Katumua disse:

— Senhor, quando te deixei dirigi-me ao Lukala. Atirei a rede à água e esperei algum tempo. Puxei a rede e sentia-a muito pesada e gritei: *Tu que estás a prender a rede debaixo da água, quer sejas o deus do rio ou um crocodilo, larga a minha rede. Não vim por minha vontade, mas sim cumprindo ordens.* Puxei outra vez e o próprio rio veio até à margem. Desatei a fugir, mas parei obedecendo a uma voz que disse: Não corras. Para, por favor. Vai e traz-me o teu rei e a tua rainha, que estão sempre a mandar-te pescar. Manda-os vir aqui para eu os informar de tudo aquilo que está dentro do meu coração. Eis a razão por que vim o mais depressa que pude. Senhor, tenho dito!

Na Kimanaueze deu a sua aprovação e ordenou à rainha para irem onde foram mandados. A rainha vestiu-se com todo o rigor, o mesmo fazendo Na Kimanaueze.

Acompanhados pelo primeiro-ministro e Katumua, chegaram ao Lukala. Encontraram quem os havia chamado, sentado numa cadeira e ficaram a tremer de medo. Lukala procurou tranquiliza-los dizendo:

— Não tenham medo. Aproximem-se para que vos diga o que quero.

Sentados no chão, escutaram Lukala:

— Tu, Na Kimanaueze Kia Tum'a Ndala, meu amigo, quando vieste construir aqui, quiseste ver-me. Estabeleceste-te na minha terra. Agora a tua mulher está grávida e não come outro alimento a não ser peixe todos os dias. Assim dará cabo de todo o meu povo. Também te informo, primeiro-ministro, que em consequência da gravidez da rainha de Kimanaueze, o meu povo será exterminado. Pois bem, quando a criança nascer, se for uma menina será minha mulher, e se for um rapaz será meu amigo ou o meu homônimo. Eu, Lukala, o garanto!

Na Kimanaueze Kia Tum'a Ndala perguntou-lhe:

— Senhor, o que desejas mais?

Mas olhando para o local, onde estivera Lukala, já não o viram.

Voltaram para casa e Katumua continuou a pescar.

Chegou o dia em que a rainha deu à luz um rapaz. Anunciaram ao rei a feliz nova, com o qual ficou muito satisfeito. Arranjou uma cabra e ofereceu-a às pessoas que assistiram à rainha.

Passaram anos até que o menino chegou à idade de casar.

Lukala apareceu em sonhos e disse:

— Tragam-me o meu amigo, eu o conservarei na minha companhia. Se não o apresentarem, matá-lo-ei.

Acordaram sobressaltados.

Na Kimanaueze perguntou à sua mulher o que deviam fazer.

— O que será de ti, meu filho, Na Nzuá, a quem o rio quer para si?

Na Nzuá quando ouviu isso ficou cheio de medo.

— O que devo fazer? Para onde hei de fugir? Chamou uma rapariga e mandou-a pôr água numa celha. Ele trouxe-lhe água, Na Nzuá deitou-se na celha e ali ficou algum tempo, pensando no seu destino. Por fim, saiu do banho e perguntou ao pai:

— O que hei de fazer?

O pai respondeu:

— Não sei o que te diga. Pega nas coisas que te pertencem e vai para onde quiseres.

Na Kimanaueze entregou-lhe dois escravos, dois bois, duas cabras e duas porcas, e acrescentou:

— Os últimos animais servir-te-ão de alimento para a viagem. Dentro em pouco, não nos veremos mais. Qualquer que seja o caminho que seguires, não atravesses nenhum rio. Tem cuidado ao contornares as nascentes.

O filho ouviu-o com toda a atenção e partiu com tudo o que lhe fora dado.

Montou num boi e os escravos seguiram atrás. Atravessaram relvados e bosques. Passou o primeiro, o segundo, o terceiro e o quarto dia e foi contornando os rios.

No começo do quinto dia chegaram ao coração do mato e Na Nzuá, sempre montado no boi, encontrou uma clareira e olhando à sua volta viu toda espécie de caça que Deus criou. Todos os animais ferozes do mundo estavam ali. Também ali estavam todos os insetos, os animais marítimos e todas as aves. O que os juntou ao mesmo lugar foi a morte de um veado. Nenhum deles foi capaz de o dividir de modo a que todas as feras tivessem uma parte igual para cada uma.

Quando viram Na Nzuá exclamaram:

— Estamos felizes!

Na Nzuá ao ouvir isto ficou cheio de medo. Os animais explicaram:

— Precisávamos de alguém para nos dividir o veado e agora estamos satisfeitos.

Na Nzuá respondeu:

— Pobre de mim! Como poderei fazer isso eu, a Nzuá dia Kamanaueze Kia Tumb'a Ndala, um homem do povo?

— Não tenhas medo. Desce do boi e desembainha a tua faca.

Obedeceu sem discutir.

— Agora reparte esta carne conosco!

— Como poderá chegar um veado para multidão tão grande?

— Divide-o bem para que todos comam!

Começou a retalhá-lo e distribuí-lo. Em pouco tempo o veado acabou e apenas uma parte daquela multidão fora contemplada. Todos os outros reclamaram:

— Ainda estamos à espera! Divide-o bem para que todos tenham o seu quinhão.

— O veado acabou. Que hei de fazer?

Agarrou no seu cão, matou-o e dividiu-o. Mesmo assim não chegou. Matou todos os animais que possuía e por fim matou também os escravos. Nem assim chegou. Os outros insistiam:

— Divide de forma que todos acabem por ter a sua parte.

Na Nzuá deu às formigas só os cabelos e aos animais só um ossinho e, assim mesmo, não chegou. Ainda ficaram alguns sem a parte que lhes competia. As feras insistiram.

— Que todos tenham a sua parte!

Ele respondeu:

— O que hei de fazer, se eu já distribuí tudo o que possuía? Nada me resta a não ser eu próprio!

As feras declararam:

— Tu fizeste quanto te foi possível. Estamos satisfeitos!

O leão disse:

— Aproxima-te, não tenhas medo!

Na Nzuá aproximou-se do leão e este ordenou-lhe:

— Abre a boca!

Na Nzuá abriu a boca. O leão cuspiu-lhe na boca, dizendo:

— Na Nzuá, quando estiveres aflito exclama: *Teleji!*

O lobo também falou:

— Vem cá e abre a boca.

Na Nzuá ajoelhou-se e cumpriu a ordem recebida. O lobo cuspiu-lhe na boca, dizendo:

— Se passares alguma privação, exclama: *Teleji!*

O Njinji disse:

— Vem cá.

Ele foi e ajoelhou-se.

— Abre a tua boca! Ele abriu a boca.

O Njinji disse:

— No dia em que o trabalho for violento exclama:

Teleji!

A formiga disse:

— Nzuá, aproxima-te.

Ele sentou-se no chão.

— Abre a tua boca! O dia em que precisares de mim basta dizeres: *Teleji!*

O leopardo também disse:

— Vem cá!

Ele foi. Disse-lhe a fera:

— Abre a tua boca. No dia em que estiveres em perigo, chama: *Teleji!*

O mukenge gritou:

— Vem cá!

Ele aproximou-se.

— No dia em que o perigo se chegar a ti, grita: *Teleji!*

O falcão ordenou:

— Chega-te aqui.

Ele aproximou-se e abriu a boca. Cuspiu-lhe a ave e disse:

— No dia em que te vires seriamente preocupado chama: *Teleji!*

Quando o falcão acabou de falar, disse a águia:

— Vem cá.

Nzuá foi e a águia explicou:

— No dia em que a angústia se apoderar de ti chama: *Teleji!*

Todos os animais disseram o mesmo. Por fim gritaram:

— Vai!

Agarrado ao seu bordão, o jovem penetrou sozinho no coração do bosque. Andou, andou, até que os pés lhe ficaram em ferida. Então pensou:

— Que hei de fazer?

Lembrou e gritou:

— *Teleji!*

Transformou-se imediatamente num falcão e voou pelos ares fora.

Quando a fome o apertou pensou num campo e disse:

— *Teleji!*

E voltou à forma humana.

— O que hei de comer? *Teleji!*

Tomou a forma de um leopardo e dirigiu-se a uma aldeia que se encontrava a pequena distância. Viu duas aves domésticas a comer na relva, deu um salto e apanhou-as.

As pessoas quando ouviram os galos gritar, levantaram-se rapidamente supondo tratar-se dum Njinji. Tentaram apanhá-lo, mas não conseguiram.

Nzuá voltou a dizer:

— *Teleji!*

Regressou assim à forma humana. Amarrou os dois galos e pendurou-os no seu bordão.

Ao chegar a um campo, o rapaz encontrou três viajantes e sentou-se no chão. Interrogado pelos companheiros, que lhe perguntaram donde vinha, respondeu:

— Vou ter com o meu irmão! Levava-lhe dois galos, mas morreram pelo caminho. Tenho fome e o pior é que não sei cozinhá-los!

Os viajantes ofereceram-se para preparar as aves. Ele aceitou, então os outros pegaram nos galos, depenaram-nos e cozinharam-nos.

Depois de comer, Nzuá adormeceu. E, de manhã cedo, pôs-se a caminho.

Depois de ter passado o calor do meio-dia voltou a ter fome e disse:

— O que hei de fazer? *Teleji!*

E virou um lobo.

Entrou na selva. Agachou-se e ficou quieto até ao anoitecer.

Aproveitou a escuridão e entrou na aldeia mais próxima. Descobriu uma corte com porcos e aí roubou dois leitões. Eles grunhiram, o povo ficou em sobressalto. Percebendo que se tratava de um lobo, tentaram caçá-lo, mas não conseguiram. Assim Nzuá deitou-se e adormeceu tranquilamente num lugar escondido.

Ao amanhecer invocou:

— *Teleji!*

E voltou a ser homem.

Meteu os leitões num cesto que improvisou na selva e partiu.

Ao chegar a um campo encontrou outros viajantes que lhe perguntaram:

— Para onde vais?

Ele respondeu:

— Vou ter com o meu irmão e levo-lhe dois leitões, que morreram no caminho com o excesso de calor. Não sei também como os hei de cozinhar!

Os viajantes disseram-lhe:

— Dá cá que nós vamos prepará-los.

Cozinharam-nos e comeram um dos leitões. Nzuá depois de jantar adormeceu.

Pela manhã, Nzuá disse:

— Hoje não posso andar porque os meus pés me doem e portanto ficarei a descansar.

Os viajantes concordaram.

— Nós também repousaremos e amanhã recomeçaremos a viagem.

Para matar tempo tiraram a carne do leitão e estenderam-na no teto da barraca.

Algumas mulheres da povoação vieram vender gêneros aos viajantes e, notando a carne de porco no teto, propuseram comprar parte dela. Então os viajantes explicaram

— A carne não é nossa, pertence a outro, àquele homem que está ali a dormir.

As mulheres não disseram nada e retiraram-se para as suas casas e contaram aos maridos:

— Fomos ao campo e encontramos carne de porco. Quem sabe se não foi o homem que a tinha quem nos roubou?

Os habitantes da aldeia disseram:

— Vamos lá para vermos o tal homem!

Os homens pegaram nas espingardas, bordões e lanças com a intenção de o castigar.

Quando chegaram ao campo gritaram:

— Onde está quem roubou os nossos porquinhos?

— Aqui está! — indicou um deles.

Mas Nzuá protestou:

— Quem disse que vos roubei?

— Onde encontraste esta carne?

Travou-se uma grande discussão, mas Ngana levou a melhor.

Os outros foram buscar reforços e apresentaram um verdadeiro exército.

— Se pensas que levas a melhor, enganas-te. Anda cá para fora para ajustarmos contas.

Nzuá apareceu e começou o combate.

Quando estava prestes a sucumbir, chamou:

— *Teleji!*

Transformou-se num leão. Ao primeiro rugido da fera a multidão fugiu espavorida. Alguns até largaram as espingardas no mato, outros cheios de medo caíram pelo caminho. O leão continuou a rugir ameaçadoramente e os viajantes também fugiram. Quando Nzuá ficou outra vez sozinho, disse:

— *Teleji!*

E regressou à sua forma de homem. Pensativo, disse:

— Que vou fazer?

Prosseguiu a sua viagem e entrou pelo mato adentro, sempre na incerteza do futuro:

— Para onde vou? Para Luanda? Eu nunca lá fui! Não tenho lá parentes nem amigos. O que vou fazer? Em que casa hei de ficar?

Então parou para refletir:

— É espantoso, eu Nzuá di Kimanaueze kia Tumb'a Ndala, que nunca vim para estes sítios, como me aventuro assim? E de repente gritou:

— *Teleji!*

Novamente se transformou em falcão.

Voou pelos ares fora até que chegou a Luanda. Aí gritou:

— *Teleji!*

E transformou-se num passarinho muito bonito como não havia outro igual, pois tinha bico e asas douradas.

Aconteceu esvoaçar por cima da casa do governador no momento em que Na Maria, sua filha, estava a costurar na varanda. Ela olhou para o chão e viu a sombra de um passarinho. De tão contente que ficou, levantou os olhos à procura da avezinha. Exclamou:

— Oh, lindo, meu lindo, como poderei apanhar-te? És tão bonito!

Tirou o seu lenço branco e estendeu-o no chão. Ajoelhou-se e orou. O passarinho desceu e pousou no lenço. Ela agarrou-o e disse:

— Onde te hei de guardar para que não morras? Meteu-o numa gaiola de ouro, que pôs no seu quarto. Depois de lhe ter dado arroz e água. Foi logo contar ao pai.

— Apanhei um passarinho como o pai nunca viu igual nem na Europa nem na terra dos negros. Não faço a menor ideia donde veio.

O pai disse que o fosse buscar pois desejava vê-lo. Quando olhou para ele ficou encantado, confirmando a opinião da filha. Na Maria não ficou satisfeita por muito tempo porque o passarinho se recusou a comer. Até lhe deu diversos alimentos europeus, mas a ave permanecia na negativa. Não sabia como tratá-lo e receava perdê-lo.

Na Maria costumava comer ao meio-dia e ao cantar do galo. Posta a mesa no quarto, algumas raparigas ficaram observando os pratos de comida.

No dia seguinte as coisas passaram-se da mesma maneira. E o passarinho resolveu a certa altura gritar:

— *Teleji!*

E transformou-se numa formiga. Principiou a descer e aproveitou as migalhas que caíram no chão e comeu-as. Depois voltou a dizer:

— *Teleji!*

E voltou a ficar na gaiola como um lindo passarinho.

Um belo dia Na Nzuá disse:

— *Teleji!*

E transformou-se num homem elegantemente vestido. Sentou-se à mesa e serviu-se. Quando acabou a refeição, gritou:

—*Teleji!*

E tornou-se uma formiga. Repetiu:

— *Teleji!*

E voltou à forma de passarinho.

Ao primeiro cantar do galo, Na Maria levantou-se e sentou-se à mesa, vendo que não tinha nada que comer. Pediu às raparigas umas explicações e na falta de resposta satisfatória, acusou-as de serem as responsáveis.

As raparigas resolveram ficar acordadas toda a noite para poderem surpreender o ladrão em flagrante.

À meia-noite, o passarinho chamou:

— *Teleji!*

E transformou-se em formiga e desceu até ao chão.

Em seguida voltou a dizer:

— *Teleji!*

E ficou um belo rapaz.

Quando se sentou à mesa e principiou a refeição foi visto pelas raparigas. Elas tiveram medo de se aproximar e foi ele quem teve de se servir. Quando acabou exclamou:

— *Teleji!*

Apareceu logo na gaiola em forma de pássaro. Assim ficou tranquilo até que o galo cantou.

Na Maria acordou e foi para a mesa e não vendo comida nenhuma exclamou:

— Raparigas, para onde foi a comida?

Furiosa, bateu-lhes.

As raparigas reagiram:

— Senhora, não nos castigues injustamente. Permiti que vos expliquemos tudo. Durante a noite vimos um homem sentar-se à mesa e servir-se. Não pudemos falar com ele, tanto medo tivemos. Não fiques a duvidar daquilo que te estamos a dizer. E para teres a certeza, amanhã acordar-te-emos para que tu possas ver também. Na Maria concordou e foram deitar-se.

Na noite seguinte, à mesma hora o passarinho gritou:

— *Teleji!*

E ficou formiga. Desceu e repetiu a palavra mágica.

E transformou-se num homem elegantíssimo. Sentou-se à mesa e enquanto comia, as raparigas, que o viram, foram chamar a Ngana Maria.

Ngana Maria levantou-se e dirigiu-se para a mesa.

Na Nzuá dia Kimanaueze kia Tumb'a Ndala, homem do povo, e Na Maria olharam um para o outro e abraçaram-se.

Sentaram-se à mesa e ficaram assim, absortos.

Ao amanhecer, Nzuá escreveu ao governador. Este abriu a carta e leu:

"Eu, Na Nzuá dia Kimanaueze kia Tumb'a Ndala, homem do povo, quero casar com Na Maria, filha do senhor governador".

O governador respondeu favoravelmente, acrescentando que ainda não tinha o prazer de o conhecer e que gostaria de o ver acompanhado da sua filha.

Recebendo a resposta, Na Nzuá disse:

— Muito bem. Vou dormir e amanhã iremos.

No dia seguinte, depois de terem feito todos os preparativos dirigiram-se ambos a casa do governador.

Sentaram-se e conversaram demoradamente os três.

Em determinada altura, o governador olhou para Na Nzuá e depois para a filha. Perguntou a esta:

— Na Maria, queres casar com este homem? A moça respondeu afirmativamente.

— Na Nzuá, queres casar com a minha filha? Se casares, prestar-me-ás um serviço e ficarei contente.

Na Nzuá quis saber:

— Que pretendes de mim?

O governador concluiu:

— Que vás a Portugal procurar uma filha que lá deixei e nunca mais soube o que foi feito dela. Se a trouxeres dar-te-ei como recompensa um lugar no Governo.

Na Nzuá aceitou a proposta e o governador deu-lhe instruções para que ele pudesse encontrar a cunhada:

— Se vires uma rapariga a deitar cinzas para um monte de lixo, ficas a saber que é a minha outra filha.

Na Nzuá partiu, depois de se despedir da esposa e desta lhe desejar uma feliz viagem.

Quando partiu, Na Nzuá chamou:

— *Teleji!*

E transformou-se num falcão que voou pelos altos céus.

Mais adiante gritou:

— *Teleji!*

E ficou uma águia.

Quando chegou a Portugal, viu uma rapariga sair de uma casa, dirigir-se para um monte de lixo e principiar a deitar-lhe cinzas. Ouviu mesmo a menina lamentar-se:

— Pobre de mim, que vida miserável que estou a levar!

Do alto do firmamento Na Nzuá escutou e reconheceu a pessoa que procurava.

Então voltou a chamar:

— *Teleji!*

E regressou à forma de falcão e desceu a toda a velocidade e ao aproximar-se da terra segurou a rapariga e levou-a pelos ares fora.

Embaixo o povo gritou:

— Olhem um pássaro a fugir com uma pessoa! Ele voltou a dizer:

— *Teleji!*

E transformou-se em águia e voou pelos céus fora com a rapariga. Tanto voou que acabou por chegar a Luanda. Aí, pelo poder de *Teleji,* voltou a ser homem.

Mal entrou em casa, perguntou a sua mulher:

— Não é esta a tua irmã que o teu pai me mandou buscar a Portugal?

Na Maria, muito contente, confirmou.

No dia seguinte, Na Nzuá dirigiu-se ao governador e entregou-lhe a segunda filha. Ele ficou tão satisfeito que imediatamente nomeou o genro membro do Governo. Abraçando-o disse:

— Pelo muito que fizeste, bem mereces alta recompensa. Farás parte do Governo e assim recebes o galardão que te é devido.

E viveram felizes, Na Nzuá dia Kimanaueze kia Tumb'a Ndala e Na Maria, a filha do governador.

O Filho de Kimanaueze
E A Filha do Sol e da Lua

Muitas vezes se tem falado a respeito de Kimanaueze, pai de um menino.

Cresceu a criança até que chegou à idade do casamento. Nessa altura o pai aconselhou-o a casar. Como resposta ouviu:

— Não me casarei com uma mulher aqui da Terra.

— Então onde te casarás?

— Casarei com a filha do Sol e da Lua.

— Quem pode ir ao céu, onde está a filha do Sol e da Lua?

— Eu só quero essa e aqui na Terra não me casarei!

Escreveu uma carta pedindo-a em casamento e entregou-a a um veado. Este disse:

— Não posso ir ao céu.

Consultou o antílope e depois o falcão, mas obteve a mesma resposta. Foi ter com o abutre e desta vez a resposta foi diferente, embora não fosse totalmente satisfatória.

— Irei até meio do caminho, até ao céu não posso. O rapaz não sabia o que havia de fazer e guardou a carta numa caixa.

Aconteceu que o povo do Sol e da Lua costumava ir à Terra buscar água. A rã encontrou o filho de Kimanaueze e ofereceu-se para levar a carta. O rapaz protestou:

— Fora daqui! Como te atreves a dizer que vais lá se aqueles que possuem asas disseram não ser possível ir ao céu? Como poderias lá chegar?

— Senhor, eu sou igual a eles.

Entregou-lhe a carta, mas ameaçou:

— Se não puderes ir lá e voltar dou-te uma sova.

A rã partiu e dirigiu-se para o poço onde o povo do Sol e da Lua costumava abastecer-se de água. Colocando a carta na boca, desceu e ficou quieta.

Sem demora chegaram as pessoas esperadas e quando lançaram o jarro no poço a rã entrou nele. Recolhida a água partiram, ignorando que levavam a rã dentro do jarro.

No céu colocaram os jarros nos seus lugares e a rã se aproveitou para sair.

No quarto onde ficaram os jarros de água havia uma mesa.

A rã tirou a carta e colocou-a em cima da mesa e escondeu-se num canto do quarto. Dentro em pouco entrava ali o senhor Sol e, olhando para a mesa, viu a carta. Apanhou-a e perguntou donde viera. Todos disseram:

— Não sabemos.

Depois de abrir a carta o Sol leu o que estava escrito:

"Eu, filho de Kimanaueze kia Tumb'a Ndala, da Terra, desejo casar com a filha do Sol e da Lua".

O Senhor Sol pensou e disse consigo:

— Na Kimanaueze mora na Terra e eu aqui no céu. Quem trouxe esta carta?

Guardou a carta numa caixa e ficou quieto. Nesse momento a rã entrou no jarro.

Em pouco tempo, as raparigas encarregadas da água esvaziaram os jarros, preparando-se para os levar à Terra. Chegaram ao poço, colocaram os jarros na água e a rã saiu, mergulhando e escondendo-se. Acabada a tarefa, o pessoal partiu.

A rã saiu da água e foi à aldeia. Depois de muitos dias, o filho de Kimanaueze perguntou-lhe:

— Que é feito da carta?

— Senhor, entreguei-a, mas não trouxe resposta.

— Estás a mentir! Não foste lá!

— Senhor, o lugar onde estive, tu o verás!

Decorridos seis dias, o filho de Na Kimanaueze voltou a escrever perguntando pela resposta à primeira carta: "Já vos escrevi, Senhor Sol e

Senhora Lua. Recebeste a minha carta e não me respondeste a dizer sim ou não". Fechada a mensagem chamou a rã e entregou-lha.

A rã saiu e chegando ao poço pôs a carta na boca, mergulhou e dirigiu-se para o fundo.

Pouco depois apareceram as raparigas para buscar água e, quando atiraram os jarros, a rã entrou num deles. Acabando de enchê-los, subiram por uma teia que a aranha tecera. Chegaram ao céu, entraram em casa e colocaram os jarros no sítio.

A rã saiu do esconderijo e foi pôr a carta em cima da mesa, ocultando-se a um canto.

O senhor Sol não tardou a passar pelo quarto. Olhando para a mesa descobriu a carta e leu-a:

"Eu, filho de Na Kimanaueze kia Tumb'a Ndala, pergunto ao senhor Sol pela resposta à minha carta anterior. Nem ao menos me mandou qualquer palavra".

O Sol indagou:

— Vós, raparigas, que ides à Terra buscar água, costumais trazer cartas?

— Não.

Apesar disso, o Sol ficou a duvidar. Guardou a carta numa caixa e escreveu ao filho de Kimanaueze: "Concordo contigo em teres mandado cartas a pedir a minha filha em casamento, mas sob a condição de vires aqui pessoalmente para que eu te possa conhecer e acompanhado do primeiro presente". Terminada a carta, dobrou-a, deixou na mesa e foi-se embora.

A rã saiu do esconderijo, apanhou a carta, meteu-a na boca e entrou cautelosamente no jarro.

Um momento depois chegaram as raparigas para levar os jarros, descendo à Terra pela teia da aranha.

No poço, a rã saiu do jarro e mergulhou. Acabada a tarefa as raparigas voltaram a sair e a rã foi sossegadamente à aldeia. E ao anoitecer ela quis entregar a carta. Bateu, para isso, à porta da casa do filho de Na Kimanaueze. Ele perguntou:

— Quem é?

— Sou eu, a rã Mainu.

O rapaz levantou-se da cama onde se encontrava e apressou-se a dizer:

— Entra.

A visitante retirou-se logo que entregou a carta. Ele desdobrou-a e leu tudo com atenção. Ficou satisfeito com o que o senhor Sol lhe anunciava e compreendeu que era verdade aquilo que a rã tinha dito. Mais tarde deitou-se e adormeceu.

De manhã resolveu escrever: "Senhor Sol e Senhora Lua, junto com esta carta envio um presente de noivado, enquanto aguardareis o de núpcias". Em seguida foi ter com a rã Mainu para ela ser portadora da carta e do dinheiro.

A rã partiu e chegou ao poço, onde tudo se passou como das primeiras vezes.

Lá no céu dirigiu-se ao quarto, onde deixou a carta e o dinheiro em cima da mesa, indo depois esconder-se num canto.

De repente, o senhor Sol entrou no quarto e encontrou o dinheiro com a carta e depois de a ler deu a sua esposa as notícias vindas do futuro genro, com as quais também concordou. Mas ambos pensaram em quem seria o portador das cartas.

A esposa lembrou-se de cozinhar uns alimentos e deixá-los na mesa onde costumavam ficar as cartas. Combinaram matar uma galinha e cozinhá-la, fazendo papas de farinha.

Colocaram os pratos e fecharam a porta. A rã aproximou-se, serviu-se e voltou cuidadosamente para o canto do quarto.

O Sol escreveu: "Meu genro, recebi o teu presente e para a próxima vez manda-me um saco de dinheiro". Em seguida pôs a carta no sítio do costume e afastou-se.

A rã deixou o esconderijo e, apanhando a carta, entrou no jarro. Adormeceu.

De manhã as raparigas desceram à Terra, levando os jarros. No poço tudo aconteceu como das outras vezes.

Saindo da água a rã chegou à aldeia, entrou em casa e esperou. Anoiteceu e ela resolveu aproveitar a escuridão para entregar a carta. Finalmente, dirigiu-se à casa do filho de Na Kimanaueze. Aí bateu à porta.

— Quem é?

— Sou eu, a rã Mainu.

— Entra.

Depois de entregar a carta, a rã foi-se embora.

O filho de Na Kimanaueze leu a carta e guardou-a. Passaram seis dias, até que ficou completo o saco de dinheiro. O noivo, então, chamou a rã e escreveu aos sogros: "Envio o presente de núpcias. Pessoalmente irei em breve buscar a minha noiva".

E a rã, portadora da carta e do dinheiro, encaminhou-se para o poço. Passou-se tudo da mesma maneira, o que lhe permitiu subir até ao firmamento e depositar a carta com o dinheiro em cima da mesa. Escondida a um canto, ela viu o senhor Sol apanhar o dinheiro e a carta. Também à senhora Lua foi mostrado o presente, com o qual ficou muito contente.

Prepararam um leitão, cozinharam-no e puseram-no em cima da mesa. Veio a rã, comeu e entrou no jarro para dormir.

De manhã, mais uma vez desceram todos ao poço até que a rã chegou à aldeia e entrou tranquilamente em casa. Na manhã seguinte apressou-se a dizer ao filho de Kimanaueze:

— Jovem senhor, entreguei o teu presente. Os teus sogros cozinharam para mim um leitão e eu o comi. Agora tens de marcar o dia para ires buscar a tua esposa.

O rapaz concordou.

Passou-se algum tempo.

Ao fim de doze dias, o filho de Na Kimanaueze refletiu:

"Preciso de alguém para trazer a minha esposa, mas todos se negarão porque não podem ir ao céu".

E voltando-se para a rã:

— Que hei de fazer?

— Fica tranquilo, jovem senhor, eu me encarregarei de tudo isso.

— É verdade que levaste as cartas e os presentes, mas trazer a menina é que não poderás.

— Repito, senhor, não te preocupes e tem confiança em mim.

— Experimentarei.

A rã partiu para o poço onde se repetiram os fatos do costume. À noite, a rã saiu à procura do quarto onde estava a filha do Sol. Vendo-a adormecida, a rã aproveitou a ocasião para lhe tirar um olho e a seguir o outro, colocou-os num lenço e voltou a dormir no seu esconderijo.

De manhã todos se levantaram à exceção da filha do Sol. Quando lhe perguntaram por que não o fazia, ela respondeu:

— Não vejo!

Os pais não compreenderam e lembraram-lhe que na véspera ela não se queixara de nada. O senhor Sol chamou dois mensageiros e ordenou-lhes que fossem consultar Ngombo sobre a saúde da sua filha, que estava doente da vista. Obedeceram, mas ao curandeiro nada disseram a respeito da moléstia, porque esperavam que ele adivinhasse. Ngombo falou:

— Viestes aqui por motivo de doença e o doente é uma rapariga que está a sofrer da vista. Cumpris ordens, eu sei. Os mensageiros confirmaram:

— É verdade, mas agora descobre a causa da moléstia.

— A rapariga que está doente é noiva de alguém, mas ainda não se casou. O seu pretendente mandou-lhe uma palavra misteriosa para a obrigar a ir para a sua companhia e se ela não for morrerá. Vós que me consultais levai-a ao seu marido e assim ela salvar-se-á. Tenho dito.

Os mensageiros concordaram e partiram.

Depois transmitiram ao senhor Sol as palavras de Ngombo e ele concordou:

— Vamos dormir e amanhã faremos a viagem à Terra.

A rã a um canto ouviu a conversa e de manhã entrou no jarro. Regressou à Terra na forma do costume.

O Sol recomendou à aranha:

— Tece um fio bem grande que chegue à Terra, pois é hoje a descida da minha filha até lá.

A aranha cumpriu a ordem.

Enquanto isso se passava, a rã deixou o poço e foi à aldeia. Encontrando o filho de Kimanaueze, logo lhe deu a boa nova:

— Ó jovem senhor, a tua noiva chegará hoje.

— Fora daqui, mentirosa!

— Senhor, eu só digo a verdade e prová-lo-ei logo à noite.

A rã voltou para o poço e ficou silenciosa na água.

Ao pôr do sol, chegou a noiva e os companheiros partiram imediatamente para o céu.

A rã saiu do poço e segredou à recém-chegada:

— Eu própria te servirei de guia levando-te ao teu senhor.

Restituiu-lhe os olhos e partiram.

Entrando em casa do filho de Na Kimanaueze, a rã exclamou:

— Jovem senhor, és a tua noiva! E em resposta recebeu a saudação:

— Sê bem-vinda, rã Mainu!

Casaram-se, o filho de Na Kimanaueze e a filha do Sol e da Lua.

Vivem felizes e desistiram de ir ao céu. Tudo ficaram a dever à inteligência da rã Mainu.

O Senhor Não-Me-Leves e o Senhor Não-Me-Digas

O senhor Não-me-leves e o senhor Não-me-digas estabeleceram-se comercialmente em Luanda. Transportaram as suas mercadorias em cestos e chegaram a Kifuangondo. Então disse o senhor Não-me-digas:

— Vamos agora, amigo!

— Deixa-me primeiro dormir.

Deitaram-se. Quando anoiteceu, consultou o companheiro:

— Já descansaste?

— Ainda não.

Adormeceram.

Ao amanhecer, fez novo apelo:

— Vamos, amigo!

— Não posso caminhar. Descansemos e os carregadores voltarão para casa.

— Quando chegarem a casa avisem a gente de Ambaca que o senhor Não-me-leves adoeceu. Digam que o deixaram comigo em Kifuangondo: ele doente e eu para o tratar até que passe a moléstia.

Os carregadores partiram e os companheiros permaneceram juntos e adormeceram.

De manhã o senhor Não-me-digas disse:

— Amigo, deixa que te leve às costas, pois continuas doente.

— Ninguém pode comigo às costas.

— Mentira!

— Estou a dizer a verdade. Repito, ninguém pode carregar comigo.

— Garanto que posso levar-te.

— Insisto em dizer que ninguém pode comigo. É uma lei da minha família.

— Carregar-te-ei de qualquer forma.

E dizendo isso pô-lo às costas.

Assim partiram e caminharam até Palma, no Rio Bengo.

Aí disse o companheiro:

— Desce comigo!

— Não descerei. Eu preveni-te que ninguém me levaria às costas. Teimaste em fazê-lo, mas fica sabendo que não descerei.

O companheiro adormeceu, sustendo-o às costas até ao amanhecer. De novo partiram.

No caminho, Não-me-digas quis fazer qualquer coisa, mas o companheiro declarou que não descia.

Chegaram a Pulungo. Aí novamente o senhor Não-me-digas propôs:

— Desce, amigo, que eu preciso ir fazer alguma coisa.

— Bem sabes que eu não descerei mais.

Dessa maneira os dois nem comeram nem beberam. Partiram e no caminho Não-me-digas caiu no chão extenuado.

Voltaram para casa numa maca e ainda viveram oito dias. Findo esse tempo morreram um às costas do outro, mas foram enterrados em sepulturas separadas.

Se houver ainda alguém na terra que ao ouvir outra pessoa dizer:

— Não faças isso que te sairás mal, responde:

— Nada me poderá suceder, porque estás enganado.

Na terra devem ouvir-se uns aos outros. Quem não atende ninguém se torna um animal selvagem, só encontrarás quem te faça mal e ninguém que te proteja.

Que tal senhores?

Boa ou má, acabei a história.

Os Filhos da Viúva

Era uma vez uma mulher que assistiu à morte do marido quando os seus filhos ainda eram pequenos. Órfãos, apesar de muito novos, quiseram principiar a trabalhar. Assim, tanto o mais velho como o mais novo resolveram ser caçadores. Pegaram nas armas e dirigiram-se para a mata, mas não encontraram caça.

Principiou a chover e foram procurar abrigo. Correram e entraram em casa dos Ma-Kishi. Viram uma mbanza e começaram a tocar.

Um Di-Kishi apresentou-se com dois búfalos e perguntou:

— Quem está a tocar mbanza?

Escutou porém do interior da casa uma voz ameaçadora.

— Se fores um homem valente, entra e serás a comida dos meus cães.

Ele parou enquanto apareceu outro Di-Kishi com três búfalos que perguntou ao primeiro, estranhando encontrá-lo ali:

— Por causa de quem fugiste de casa?

— Fugi de dois homens que estão lá dentro e querem matar-nos para servirmos de alimento aos seus cães.

Chegaram mais alguns Ma-Kishi. O chefe indagou:

— Qual o motivo desta fuga de casa?

Todos explicaram:

— Estamos com medo de dois homens que querem matar-nos.

O chefe entrou e gritou:

— Saiam da casa!

Mas os desconhecidos recusaram-se a atendê-lo.

O chefe chamou os companheiros e deu ordem para os expulsar.

Os dois irmãos resistiram lutando. O mais velho ficou sentado, mas o outro continuou a combater e matou quatro Ma-Kishi. De oito que ficaram, matou mais quatro. O irmão mais novo fez uma pausa para descansar e o outro principiou a lutar. Exterminou os últimos Ma-Kishi e apoderou-se do chefe, degolando-o. Entretanto apareceram novas cabeças que ele foi cortando sucessivamente até que desanimou:

— Não poderemos acabar com este?

O mais velho transformou-se então em peixe bagu.

O Di-Kishi agarrou-o e engoliu-o.

O bagu resolveu procurar no coração as chaves da casa. Quando as encontrou tomou conta delas e saiu.

Enquanto isso se passava, o mais novo cortou a cabeça ao Di-Kishi, matando-o. Os dois abriram as salas e encontraram alguns escravos com três raparigas, a quem serviram também de comer. Elas exclamaram:

— Deixai-nos viver agora aqui!

Ao mesmo tempo, em casa a mãe mudou-se para outras terras com os dois filhos mais pequenos.

Certo dia, ela disse aos meninos:

— O alimento que comemos não é suficiente. Ide buscar lenha para o lume.

Eles obedeceram, mas perderam-se no caminho. Foram bater à porta de uma casa estranha. Escutaram a dona da casa dizer:

— Meus filhos, ide buscar lenha para o lume.

Saíram para cumprir as ordens recebidas e voltaram satisfeitos. Comeram, dormiram e de manhã levantaram-se.

De novo a mulher intimou-os:

— Ide segunda vez buscar lenha para o lume. Saíram para a mata. A mais nova, uma menina, voltou logo com o seu fardo, porém o mais velho demorou um pouco mais. Este encontrou o seu falecido pai, que lhe perguntou:

— Por que estás a cortar lenha para o lume?
— Não sei, pai.
— Eu dir-te-ei quando te mandarem buscar água. Os dois irmãos regressaram à casa da velha, que lhes ordenou:
— Ide buscar água.

Partiram junto. A menina, como de costume, voltou primeiro e o outro demorou para conversar com o pai.

— Pai, conta-me tudo!

Ele recomendou:

— Logo que a velha puser a água no fogo e te pedir que vejas se está a ferver, responderás:
— Não sei.

Quando ela for empurra-a para dentro, mergulhando-lhe a cabeça na água a ferver.

O menino fez o que o pai lhe ordenou. Morta a mulher, entraram em casa, apoderaram-se do dinheiro e partiram imediatamente para junto de sua mãe.

O conto acabou.

Mutelembe e Ngunga

Vou contar uma história a respeito de dois irmãos que se propuseram fazer uma caçada. O mais novo possuía dois cães, um chamado Mutelembe e outro Ngunga.

Partiram e chegaram ao local da caçada, onde armaram uma tenda e fizeram acampamento. O mais novo caçou muito, enquanto o outro nada conseguia.

Passado um mês, o primeiro convidou o companheiro a regressar. No caminho, o mais velho pôs-se a raciocinar:

— Fomos caçar. O meu companheiro, apesar de tão novo, foi bem-sucedido, enquanto eu nada fiz. Quando chegar a casa será uma vergonha.

E resolveu assassinar o irmão. Matou-o. Arrancou-lhe os intestinos e deu-os a Mutelembe.

Este, depois de os cheirar, repeliu-os, fazendo a mesma coisa o outro cão, Ngunga.

Ao ser levantado o cesto com o conteúdo, os cães olhando para o seu dono, já morto, principiaram a cantar:

*Tanto Ndala
o mais velho
como Ndala
o mais novo
vieram ao mundo
para destruir os outros
Louvamos Mutelembe
e Ngunga
a quem ofereceram
os intestinos
e se recusaram
a comê-los*

Ndala, o mais velho, atirou o cesto ao chão e matou um dos cães, pois se o não fizesse ele descobriria em casa o crime. Apanhou o cesto e caminhou, mas o cão que fora morto apareceu e repetiu os mesmos versos. Novamente o cesto foi atirado ao chão e o velho decidiu matar o outro cão.

Feita a cova, cobriu-a de terra e os cães, mesmo enterrados, ainda repetiam a acusação.

Ao aproximar-se da aldeia, Ndala preparou-se para entrar em casa. Logo lhe perguntaram:

— Daqui saíram dois, onde ficou o teu companheiro?

— Foi para a sua terra.

Mal acabou de falar chegaram os cães e explicaram o caso com os seus versos. Todos exclamaram:

— Escutai o que os cães estão a dizer! É que tu, Ndala, mataste o teu irmão mais novo que saiu contigo!

E todos ficaram a chorar.

Notas Sobre Alguns Termos Quimbundos

Alguns termos quimbundos foram deixados no texto, quer na versão inglesa quer na portuguesa. Para colmatar a dificuldade que possa surgir num ou noutro caso, temos aqui um brevíssimo dicionário. É óbvio que não anotamos o texto em fim de página para não interrompermos a leitura dos contos.

BEBER TABACO — Em quimbundo diz-se beber tabaco e não fumar, pois o fumo é considerado um líquido.

DI-KISHI — Monstros antropófagos, que têm duas cabeças e são animados de grande crueldade.

FELE MILANDA — Félix Miranda.

FENDA — Título antigo equivalente a senhora (de família nobre).

KALUNBUNGU — Caixa mágica, donde se poderá retirar desde casas e vestido, de joias a comida...

KALUNGA — Morte; residência dos mortos; terra dos mortos.

KATUMUA — Mensageiro.

KIANDA — Um dos espíritos mais populares da mitologia de Luanda. É o gênio da água que preside ao mundo dos peixes.

KIJANDALA-MIDI — Em versão livre, este nome significa "Aquele que come um milhal".

KIMBIJI — Peixe grande.

LUKALA — É o maior afluente do Rio Kuanza.

MA-KISHI — O povo dos Di-Kishi.

NGANA — Amo, ama.

NGANDA — Crocodilo.

NGOME — Rei.

NGUNZA — Aquele que matou um inimigo na guerra; herói.

NOZES DE COLA — Muito tônicas e nutritivas. Os angolanos comiam-nas quando se preparavam para grandes viagens e trabalhos. Normalmente combinavam-nas com gengibre.

NZUÁ — João.

SUDIKA-MBAMBI — Em versão livre, esse nome significa "um raio aos saltos como um veado".

TELEJI — Fórmula de esconjuro, intencionalmente ininteligível.

VIOKO — Insulto sem significação imediata em português.

Dados Biográficos

José Viale Moutinho, autor desta antologia de Contos Populares de Angola, foi diretor da Sociedade Portuguesa de Antropologia e Etnologia e autor de numerosas obras no campo da Literatura Popular, entre os quais os Contos Populares de Portugal, a publicar pela Aquariana, bem como: Portugal Lendário, Terra e Canto de Todos: Vida e Trabalho no Cancioneiro Popular Português, Adivinhas Populares Portuguesas, Lendas e Contos Populares das Ilhas da Madeira e do Porto Santo (2 vols.), entre outros. É ainda autor de estudos e numerosas coletâneas de textos populares para as crianças, destacando-se: O Grande Livro das Adivinhas, O Grande Livro das Lengalengas, bem como a série *Tradições Populares Portuguesas* (8 vols.)

N. Funchal (Ilha da Madeira), 1945. Estudos Superiores na especialidade.

Viale Moutinho foi Presidente da Associação dos Jornalistas e Homens de Letras do Porto, diretor da Associação Portuguesa de Escritores e é membro de honra da Real Academia Galega e sócio correspondente da Academia de Letras de Campos de Jordão.

Como ficcionista, recebeu o Grande Prêmio do Conto Camilo Castelo Branco pelo livro *Cenas da vida de um minotauro* e o Prêmio Edmundo Bettencourt de Conto para *Já os galos pretos cantam*; como poeta, o Prêmio Edmundo Bettencourt de Poesia pelo livro Ocasos de iluminação variável; e como ensaísta a Menção Honrosa do Prêmio do Grêmio Literário pelo álbum CAMILO CASTELO BRANCO: MEMÓRIAS FOTOBIOGRÁFICAS. Grande parte da sua obra está publicada no Brasil, na Rússia, na Hungria, na Alemanha, na Itália, em Espanha (em castelhano, galego e catalão) e na Eslovênia.

Nota Bibliográfica

Os textos incluídos neste volume foram selecionados de uma coleção de histórias do folclore quimbundo publicada por Héli Chatelain em 1894, nos Estados Unidos, sob o título de *Folk-tales of Angola*.

Folk-Tales of Angola, collected *and edited by* Héli Chatelain. Boston and New York, 1894. (*Contos Populares de Angola*, de Héli Chatelain. Edição portuguesa dirigida e orientada pelo dr. Fernando de Castro Pires de Lima. Palavras prévias do Prof. dr. A. A. Mendes Corrêa. Prólogo do dr. Fernando de Castro Pires de Lima. Tradução do inglês pelo Ten. Cor. M. Garcia da Silva. Lisboa, 1964).

Impresso por:

Graphium
gráfica e editora

Tel.: 11 2769-9056